La traversée du silence

Anaïs Jeanneret

La traversée du silence

ROMAN

Albin Michel

22, rue Huyghens, 75014 Paris

www.albin-michel.fr

ISBN 2-226-13176-0

Toute la nuit, toute cette longue et effroyable nuit, mon bien-aimé, je t'ai attendu.

Stefan ZWEIG

AOÛT

Mardi 31 août 1999.

Angela ne s'habitue pas à la clarté constante. A cinq heures du matin, les rideaux de la chambre tamisent à peine la lumière du soleil. Elle voudrait fermer les yeux, s'endormir, mais ses paupières s'ouvrent malgré elle, et chaque fois l'éblouissement paraît plus intense. Dans ces journées d'été qui se succèdent sans repère, elle ne trouve qu'un repos morcelé. Mais elle préfère cela à l'hiver, lorsque l'obscurité enveloppe peu à peu l'île dans une interminable nuit qui anéantit l'espace et le temps.

Il dort près d'elle, tourné en chien de fusil vers la fenêtre. Elle imagine son visage, ce visage sombre que seul le sommeil apaise.

Angela effleure sa nuque, son dos. Puis elle se lève sans bruit.

La pureté de l'air dissipe la fatigue. Elle s'assied sur le fauteuil à bascule de la véranda et se balance doucement face au large. Le plancher grince à chaque oscillation dans un craquement familier dont le rythme s'accorde au ressac. Elle remonte le col de sa veste ; elle prend ses pinceaux, son carnet de croquis, et se met à dessiner le paysage estompé par la lumière horizontale qui blanchit l'océan et s'opacifie aux abords de la côte en une brume froide. Plus tard, un bleu douloureux dissipera cette opalescence. Plus tard, le vent soulèvera les flots, il fera réapparaître les à-pics et les escarpements. Plus tard, il n'y aura que la brutalité de l'île et l'éclat à perte de vue jusqu'à l'aveuglement.

Jamais elle n'a été aussi heureuse.

Un an plus tôt, la veille de son quarante-sixième anniversaire, elle dédicaçait son dernier album dans une librairie de la rive gauche. La canicule était tombée sur Paris au début du mois ; l'air était irrespirable. Les immeubles paraissaient encore plus sales que d'habitude. La Seine charriait une eau opaque.

Assise à une table installée à son attention au milieu de la boutique, Angela signait les livres. La file d'attente s'étirait jusqu'au trottoir au milieu des romans, biographies, best-sellers, essais, polars, récits historiques, bandes dessinées. Elle étouffait. Ses doigts étaient engourdis. Elle était au bord du vertige. Les enfants, accompagnés d'un parent pour la plupart, faisaient la queue en chahutant. Ils ne se calmaient qu'au moment où venait leur tour, quand ils indiquaient leur prénom, les joues prises d'une soudaine roseur. Angela n'avait jamais compris l'engouement pour ses contes illustrés, mais ça marchait. D'ailleurs, elle ne savait rien faire d'autre.

Un peu plus loin, du côté des romans policiers, un homme feuilletait un ouvrage, indifférent à l'agitation dont elle était le centre. Sa veste de velours côtelé bien trop chaude pour la saison ne semblait lui procurer aucun inconfort. Ses cheveux avaient l'air d'avoir séché au vent. Une cicatrice lui barrant le sourcil renforçait le charme tourmenté de son visage. Un instant, il redressa la tête. Son regard croisa celui d'Angela sans qu'il la remarque ; ses yeux sombres glissèrent sur elle comme sur une vitre. Une fille s'engagea dans l'étroite allée où il se trouvait. Elle passa derrière lui avec une lenteur excessive. Leurs corps se frôlèrent. Absorbé par sa lecture, il ne parut pas percevoir sa présence. Elle contourna l'étalage et s'arrêta en face de lui. Rien ne se produisit. Elle s'éloigna. L'attitude de l'homme ne dénotait aucun mépris, aucune arrogance ; elle évoquait plutôt une forme extrême de liberté qui le coupait du reste du monde et le mettait hors d'atteinte.

– Mon fils adore tout ce que vous faites, c'est un de vos plus fervents admirateurs.

La femme avait un ton faussement aimable.

– Comment s'appelle-t-il ?

– Vos dessins sont jolis, mais tout de même, pourquoi faut-il toujours que vous racontiez des histoires aussi terrifiantes ? Je ne suis pas certaine que tous ces monstres cachés sous les lits et les armoires lui soient d'un grand secours ! Vous devez être sadique ou sacrément tordue pour inventer des horreurs pareilles.

– Votre fils n'est pas là ?

– Il est à l'hôpital. En chimiothérapie.

– Je suis vraiment désolée. Quel est son prénom ?

– Tout ce qui vous intéresse, c'est vendre un livre de plus... c'est ça ? Gagner encore davantage d'argent !

– Je ne vais rien vous vendre, Madame.

– Comment ça ? Vous refusez d'apporter un peu de réconfort à un enfant gravement malade ! Vous êtes ignoble !

La mère avait crié ces derniers mots. Angela prit un album et se pencha sur la page de garde, comme pour s'y réfugier.

« Plus les monstres sont terribles, plus on sort grandi de la victoire. Avec ma sincère affection. Angela Wilson. »

Soudain, elle n'entendit plus qu'un brouhaha assourdissant, et cette petite phrase : « Je comprends maintenant pourquoi vous n'avez jamais eu d'enfant ! » Il faisait si chaud ; elle n'était plus sûre de rien. Elle tendit l'exemplaire dédicacé. Après une hésitation la femme s'empara du livre en bredouillant un vague merci et recula vers la sortie. Angela n'arrivait plus à respirer. Chaque geste exigeait un effort. Elle se demanda comment les enfants pouvaient encore s'agiter. La touffeur... les livres qui l'encerclaient de toutes parts... ces gens qui attendaient d'elle quelque chose... elle ferma les yeux. Elle ne désirait qu'un chose : s'absenter, non pas quelques secondes mais définitivement. S'extraire d'une vie lisse, désincarnée, dévastée, cesser cette vaste comédie. Elle prit son élan et se leva. Sa chaise tomba dans un bruit mat. On tira sur sa manche. Une fillette de sept ou huit ans lui souriait.

– Tu sais, moi, tes histoires, elles me font vraiment très peur, et j'adore ça. Je m'appelle Lola, comme la petite fille de *L'Ogre amoureux*. Tu veux bien me faire un dessin ?

La fillette redressa la chaise. Avec son expression malicieuse et douce, elle ressemblait à Anna au même âge. Angela reprit sa place et lui dédicaça *Le Bandit hystérique*, son quatorzième album.

Le succès de ses livres lui paraissait usurpé et, chaque fois qu'elle rencontrait ses lecteurs, il lui semblait qu'ils allaient démasquer l'imposture. Grâce à eux, elle menait une existence confortable et bénéficiait d'un statut social dont elle se moquait mais qui facilitait malgré tout bien des choses. Pourtant, à part Anna – mais c'était l'exception –, les gamins l'intimidaient. L'enfance éveillait en elle un tel malaise qu'elle n'avait jamais voulu devenir mère. Même sa propre enfance lui semblait détachée d'elle, comme une chose incongrue et abstraite qui ne suscitait aucune nostalgie. Aussi loin que remontaient ses souvenirs, elle n'en conservait qu'un sentiment d'isolement et de frustration. Petite fille, elle avait observé ses camarades d'école, fascinée par leur insouciance, leur gaieté et leurs chagrins dérisoires, sans parvenir à leur ressembler. Parfois, lorsqu'elle ne supportait plus cette impuissance à rejoindre le monde auquel elle était censée appartenir, elle s'asseyait dans un coin de la cour de récréation, les poings fermés sur les yeux, et elle retenait sa respiration. Elle pouvait tenir plusieurs minutes. L'asphyxie devenait une ivresse où plus rien n'avait d'importance. Au moment de reprendre son souffle, son premier regard était toujours pour l'horloge du préau dont les aiguilles s'ébranlaient si lourdement avant leur misérable saut vers la minute suivante. Plus tard, à l'adolescence, dans la pension où elle avait grandi telle une somnambule, elle avait écouté dans l'obscurité du dortoir les filles raconter leurs rêves dont l'audace lui paraissait inaccessible. Finalement, le seul trait de jeunesse auquel elle avait succombé avait été l'anorexie.

L'homme l'observait de loin ; il lui souriait. Elle prit l'album que lui tendait un garçon et commença à dessiner un bandit. L'attachée de presse arriva avec des boissons fraîches. Angela lui glissa quelques mots à l'oreille. La jeune femme blêmit. « C'était impossible... elle ne pouvait pas arrêter la promotion comme ça, les rendez-vous avec les journalistes prévus depuis des semaines s'étalaient sur tout le mois de septembre, sans compter les signatures en province... » Angela s'attardait sur le dessin de l'arcade sourcilière du bandit qu'elle barra d'une estafilade. L'attachée de presse se tut. Il était inutile d'insister.

– Comment t'appelles-tu ?

En levant les yeux, Angela s'immobilisa. L'enfant s'était écarté pour laisser la place à l'homme. Il occupait tout l'espace. Ils échangèrent un regard. Puis il déposa un papier sur la table et quitta la librairie.

Le lendemain, Angela se réveilla encore plus tôt que d'habitude. Sa migraine durait depuis deux jours. La chaleur était déjà étouffante. Elle avait quarante-six ans aujourd'hui ; le téléphone n'allait pas arrêter de sonner. Elle brancha le répondeur, tira les volets sur les premières lueurs du jour et se recoucha. Elle tenta de se rendormir, s'agita un moment dans son lit, puis se leva. En cherchant un tube d'aspirine dans son sac à main, elle trouva le mot de l'inconnu qu'elle n'avait pas lu. Elle le défroissa et découvrit une adresse à l'étranger, sur une île au nom bizarre où il lui donnait rendez-vous samedi.

On était samedi.

Par curiosité, elle consulta un atlas. Sur la carte de la région, l'île était à peine mentionnée par un minuscule point. Elle jeta le papier dans la corbeille.

Après avoir pris sa douche, elle traversa sa maison, nue et les cheveux mouillés. Elle n'aimait pas sa nudité, ce corps trop mince, immatériel, qu'elle prenait pour une ombre lorsqu'elle croisait par inadvertance son reflet dans un miroir. Mais l'idée même du contact d'un tissu lui donnait chaud. A la cuisine, elle ouvrit le réfrigérateur ; un souffle frais la fit frissonner. Elle but une gorgée de jus de pomme. Elle serra la bouteille glacée sur son plexus.

Elle avait quarante-six ans.

Pierre-Alain passait le week-end en famille. Elle ne le retrouverait pas avant lundi. Sans réfléchir, elle jeta dans un sac de voyage son passeport, ses lunettes de soleil, une boîte d'aquarelles, un bloc de papier, des pinceaux et une tenue de rechange. Elle enfila fébrilement les premiers vêtements qu'elle trouva, une chemise blanche et un pantalon de lin. Comme une lame de fond surgissant par surprise, le désespoir était en train de l'engloutir. Les sanglots lui nouaient la gorge, c'était incompréhensible, elle ne pleurait jamais. Soudain sa vie lui faisait horreur. Tout était néant, elle n'avait rien construit, rien tenté. Maintenant il était trop tard. Pour mesurer l'étendue du désastre, il n'y avait qu'à voir combien l'amertume gagnait chaque jour du terrain. Jusque-là, elle avait cru qu'elle maîtrisait sa destinée, mais le temps du constat était venu : toute son existence avait été guidée par ce mal obscur qu'elle croyait avoir oublié, ce mal qui n'avait engendré que de l'impuissance. Elle récupéra le mot dans la corbeille et quitta son appartement. Pas une seconde elle ne se raconta les choses d'une façon aimable : elle désertait. Elle n'avait aucune idée de l'endroit où elle allait, ni ce qu'elle espérait y trouver. Mais la fuite valait mieux que rester là. Si elle avait habité un étage élevé, elle aurait ouvert la fenêtre et, comme lorsqu'elle était petite et s'élançait sur les montagnes russes, elle aurait plongé les yeux ouverts pour jouir pleinement de la sensation du vide, enivrante et fugace.

Le voyage allait être plus long et plus éprouvant qu'elle ne l'avait imaginé. C'était ce qui pouvait lui arriver de mieux.

Après trois heures d'avion, dont cinquante minutes à survoler une mer opaque, Angela monta dans un train partant vers le nord. Les wagons désuets imprégnés d'une odeur de sandwichs salade-mayonnaise et de tabac froid bringuebalèrent à travers la banlieue. Les hommes en costume gris avaient les paupières lasses. Les garçons portant des jeans crasseux lorgnaient des filles trop maquillées aux cheveux brûlés par les décolorations successives.

Angela s'assoupit.

Lorsqu'elle se réveilla, elle découvrit une végétation asséchée. Les arbres avaient presque disparu. La lande s'étendait à perte de vue. Les herbes ondoyaient sur les collines et prenaient, au gré du vent et des percées de soleil à travers le ciel de traîne, des teintes poussiéreuses, tantôt sépia, tantôt mordorées. Seul l'éclat de la lumière s'était intensifié.

Les voyageurs aussi avaient changé d'allure. Des hommes au visage buriné et aux mains calleuses échangeaient parfois un laconique signe de tête. Les femmes paraissaient précocement vieillies. Aucun fard ne masquait les rougeurs des joues annonçant un début de couperose. Mais en observant attentivement leur tête appuyée avec langueur contre la vitre, Angela capta dans leur regard une lueur qu'elle n'avait jamais surprise dans son propre reflet. Il y avait une clarté, comme si les regrets et les désillusions les avaient épargnées. Non que leur existence fût exempte d'âpreté, mais elles avaient su préserver un secret, un rêve auquel elles n'avaient pas tout à fait renoncé, quelque chose qui demeurait d'une jeunesse heureuse.

Un coup d'œil sur ses vêtements trop légers et sur son teint clair et lisse suffisait aux voyageurs, quand ils montaient dans le wagon, pour voir qu'Angela n'était pas d'ici. Chacun l'ignora ; ainsi personne ne décela la colère qui étincelait au fond de ses yeux jaunes. Angela se demandait depuis combien d'années l'accompagnait ce sentiment de gâchis.

Il était midi. Un bouquet de roses de jardin accompagné d'un mot exquis l'attendait probablement chez elle.

Angela avait rencontré Pierre-Alain deux ans plus tôt à un dîner. Les invités étaient brillants, arrogants parfois, toujours féroces dans leurs traits d'esprit. Pierre-Alain avait plusieurs fois croisé le regard d'Angela. En fin de soirée, il l'avait raccompagnée.

Pierre-Alain était un célèbre avocat de gauche qui défendait les grands patrons de droite, et même quelquefois de gauche. Il entourait Angela d'attentions des plus délicates, se libérait un week-end par mois et ne faisait jamais allusion à sa femme. Angela aimait sortir avec lui, faire l'amour avec lui, parler avec lui, et aussi rire. C'était une relation parfaite. Juste des moments de plaisir. Une indifférence paisible. La désolation.

Il avait sûrement téléphoné plusieurs fois au cours de la matinée, peut-être avait-il déjà laissé un message sur son répondeur.

Le ciel s'obscurcit. La nuit était pourtant loin. La campagne s'embrumait. Le littoral approchait.

Le train arriva au terminus.

Sur le quai, la fraîcheur de l'air et l'odeur iodée saisirent Angela. Les voyageurs se dispersèrent en quelques instants. Elle se retrouva seule devant la petite gare et s'engagea dans la rue principale, l'unique qui semblait mener quelque part. Les étroites maisons de granit à un étage s'alignaient, toutes identiques avec leurs voilages à motifs aux fenêtres. Le jour était chancelant, mais aucune lumière n'indiquait la moindre présence. L'averse éclata avec brutalité. En quelques secondes, Angela fut trempée. Le déluge effaça tout : les habitations, les quelques voitures aux allures d'épaves, l'échappée sur la mer qu'elle venait d'apercevoir. Seules les gouttes rebondissant sur le ruisseau des caniveaux dans un éclat nacré percèrent le voile qui venait de s'abattre sur le bourg désert.

Le bateau qui devait la conduire sur l'île n'était pas au port. Angela grelottait. Ses cheveux dégoulinaient, ses vêtements lui collaient à la peau. Elle entra dans un bistrot. Les hommes, le dos courbé sous les vestes informes, tournèrent en silence les yeux vers elle, puis reprirent leurs conversations. Elle descendit aux toilettes pour se changer et enfiler un pull et un jean. En remontant dans la salle, elle constata qu'il n'y avait pas une femme. Elle s'assit à une table, commanda un café auquel elle ne toucha pas. Elle se sentit observée. Les visages restaient pourtant baissés sur les verres de bière dont la mousse glissait lentement pour rejoindre le liquide âcre. Le néon du plafond dispensait une lumière crue. Les murs étaient crasseux. Un chat se frottait contre ses jambes ; elle le repoussa d'un discret coup de pied sans parvenir à s'en débarrasser. Elle paya et sortit.

Le bateau accostait. C'était un vieux chalutier noir tacheté de rouille au pont graisseux encombré de filets de pêche, de bidons et de caisses. Elle interrogea le capitaine sur la durée de la traversée. Il eut un haussement dubitatif des sourcils et l'invita à s'asseoir dans la cabine. Les effluves de poissons et de gas-oil dissuadèrent aussitôt Angela. D'ailleurs, il ne pleuvait presque plus. Elle s'installa à l'avant. L'embarcation s'éloignait déjà du quai. Les mouettes tournèrent au-dessus de la proue, elles se posaient parfois sur le pavois avant de s'élancer dans le ciel brumeux et aveuglant.

Puis, très vite, il n'y eut plus que l'océan.

Le vent du large frappa Angela comme une gifle. Que faisait-elle, filant vers une île du bout du monde pour rejoindre un inconnu dont elle ignorait jusqu'au son de la voix ? C'était la chose la plus extravagante qu'elle eût jamais faite. Sa vie n'allait pas si mal. Elle s'en sortait même plutôt bien : quelques amis fidèles, un métier gratifiant, un amant qui savait s'éclipser au bon moment. Elle avait surmonté d'autres crises. Cela passait. Il suffisait d'attendre. Le mal de mer éclipsa un début de panique. Elle chercha quelque chose à fixer du regard, mais les embruns effaçaient l'horizon. Le ciel et l'océan s'unissaient dans une brume épaisse. Brisant cette uniformité, l'écume courait au sommet des vagues, sautait de l'une à l'autre, et rendait le paysage encore plus mouvant. Le vent sifflait. Les déferlantes percutaient la coque dans un vacarme assourdissant et jaillissaient jusqu'au bastingage auquel Angela s'accrochait. L'eau fouettait le visage, piquait les yeux, le nez. La houle ne laissait aucun répit. Le chalutier tanguait, roulait, grinçait dans une longue plainte. Chaque choc ébranlait le corps d'Angela. Elle voulut rejoindre la cabine mais, au moment où elle lâcha la rambarde, une lame souleva le bateau, le happa dans les airs comme s'il ne pesait rien. Avant qu'il se retourne, elle eut juste le temps d'agripper le garde-corps et de s'y cramponner de toutes ses forces. Ensuite, une chose inattendue se produisit : le bâtiment s'immobilisa. L'absence de mouvement terrifia

Angela. Son cœur explosa dans sa poitrine. C'était la fin. Elle pensa à son père qu'elle aurait dû voir plus souvent. Depuis qu'il s'était installé en Angleterre, elle lui rendait visite une fois par an. Maintenant, elle ne croiserait plus son regard triste qui s'éclairait à peine lorsqu'elle le rencontrait. Le chalutier resta encore plusieurs secondes suspendu dans le vide. Puis, lentement, il piqua du nez et plongea dans les profondeurs en émettant un craquement sourd et douloureux. Angela crut qu'il se rompait. L'instant d'après, d'immenses murs d'eau s'abattirent sur elle et la renversèrent. Elle était aveuglée par la mer salée qui la giflait sans discontinuité. Il lui sembla qu'elle se noyait. Elle glissa sur le pont jusqu'à ce que sa main rencontre les filets.

Lorsqu'elle se releva, la tempête s'était calmée.

Épuisée et grelottante, Angela était incapable de dire combien de temps avait duré la traversée.

Le soleil brillait. Une côte sauvage approchait à vue d'œil.

Le port de l'île n'avait rien à voir avec celui

où elle avait embarqué. Il y avait des marins qui s'apostrophaient et des barques de toutes les couleurs. Il y avait une poissonnerie, une boulangerie, une boucherie-charcuterie, une pharmacie, une quincaillerie, un réparateur de moteurs, une épicerie, une mercerie qui faisait aussi boutique de confection, et un bistrot. Les maisons au toit d'ardoises étaient en lattes horizontales de bois peint ; il y en avait des bleues – de toutes sortes de bleus –, des vertes, des jaunes, des rouges. Il y avait les mouettes qui volaient bas et criaient. Il y avait des vélos posés contre les murs, sans antivol. Il y avait le clapotis de l'eau. Il y avait l'odeur d'iode et d'algues. Et aussi l'incroyable pureté de l'air.

Après avoir donné rendez-vous au capitaine pour le lendemain, elle mit pied à terre.

Personne ne l'attendait.

Elle n'avait plus aucun vêtement sec. La clochette suspendue au-dessus de la porte tinta lorsqu'elle entra dans la mercerie. Elle surprit son reflet dans un miroir. Depuis l'enfance, elle tirait en queue de cheval sa volumineuse chevelure jusqu'à s'en arracher la tête. Dans la tempête, les boucles s'étaient échappées de leur lien et d'épaisses volutes, comme sculptées dans du marbre jaune, encadraient son visage. Elle n'essaya même pas de démêler les mèches poisseuses de sel. Au milieu de chemisiers fleuris et de robes en tergal, elle dénicha un pantalon marin trop grand, un tee-shirt blanc en petite taille, un pull de laine, des chaussures de toile, des chaussettes et un foulard rouge. Elle enfila le tout dans l'arrière-boutique, fit un large revers au bas du pantalon, roula les chaussettes et noua le foulard autour de son cou.

Installée à la terrasse du café, elle s'étonna que le soleil ne fût pas plus chaud. Le garçon lui apporta son thé ainsi qu'un whisky « offert par la maison » pour la réchauffer. L'inconnu avait dû oublier leur rendez-vous. Ou peut-être, l'ayant aperçue à son arrivée, s'était-il ravisé. C'était parfait. Une fillette jouait un peu plus loin avec un chien, des hommes robustes briquaient une barque en sifflotant. L'aube parisienne devenait un lointain souvenir. Dans l'intense lumière du jour, la côte déchiquetée et l'horizon se découpaient avec précision. Des tas d'oiseaux se posaient en criaillant sur le bord du quai, puis plongeaient, bec ouvert, sur les déchets de la pêche.

Angela demanda au serveur où trouver un hôtel et louer une voiture ou un vélo. Il n'y avait rien de tout cela ici, répondit-il, mais les chambres d'hôtes à la sortie du village lui plairaient sûrement, et le propriétaire lui prêterait bien une bicyclette. Elle allait déposer ses affaires, puis elle irait se promener avec son carnet de croquis et ses aquarelles. Le lieu lui inspirait le point de départ d'une histoire : un enfant habitant seul dans le phare d'une île abandonnée par les hommes et peuplée de milliers d'oiseaux migrateurs. Elle imaginait déjà les vents polaires balayant les falaises, le chant des baleines résonnant dans les grottes, et un vieillard boiteux. Elle rentrerait à Paris avec le projet de son prochain album.

Une voiture rouge pila devant elle. Un homme en descendit. Il était grand. Il portait le col de sa chemise ouvert et ses manches retroussées. Ses cheveux ébouriffés étaient poivre et sel. Un sourire éclaira son visage mélancolique.

Elle ne se rappelait pas l'avoir trouvé aussi séduisant.

– Je ne pensais pas que vous viendriez. C'est bien.

Sa voix était posée, grave. Il jeta sur la banquette arrière les disques de musique classique qui encombraient le siège avant droit. Angela s'assit. Elle s'étonna de n'éprouver aucune inquiétude. Il contourna le véhicule et échangea trois mots avec quelqu'un. Elle ne s'impatienta pas. Le temps semblait suspendu. Le jour de son anniversaire, rien ne pouvait mieux lui convenir.

Pendant le trajet, ils restèrent silencieux. Les mains de l'homme glissaient sur le volant. Elles étaient longues, les articulations saillantes et les doigts déliés. Son regard tranquille et son visage anguleux dégageaient une intensité particulière.

Le paysage défilait. A gauche, sur les collines, quelques buissons poussiéreux maltraités par les vents s'accrochaient aux rochers au milieu d'un tapis de bruyère et de fleurs sauvages. A droite, la mer bleu cobalt s'étendait à perte de vue. La route étroite serpentait le long de la côte accidentée, parfois au niveau de la mer, le plus souvent la surplombant.

Ils roulèrent un quart d'heure avant d'apercevoir une maison blanche sur laquelle ruisselait la lumière du jour. Par intermittence, le soleil se reflétait sur la vitre d'une fenêtre qui s'ouvrait et se fermait au gré du souffle marin. Autour, il n'y avait que la roche parcourue de fines marbrures dans lesquelles s'accrochaient une mousse charnue, des chardons, la poussière terreuse qui tournoyait dans l'air à chaque bourrasque, et l'immensité de l'océan.

Ils descendirent de voiture. Elle avança jusqu'à l'extrême bord de la falaise. Cent cinquante mètres plus bas, les vagues éclataient sur les galets qui s'entrechoquaient avec fracas. Il se tenait près d'elle. « Je repars demain, à midi », dit-elle. Il prit son sac et alla le déposer dans la maison en passant par la véranda ouverte sur le large. Puis il la rejoignit.

– Venez.

Ils partirent à pied vers les terres. Angela s'arrêta au sommet de l'île. Au nord, là d'où ils venaient, tout était brutal : la lande aride et rocailleuse, la découpe abrupte des falaises, l'océan sombre piqueté de taches écumantes jusqu'à l'horizon embrumé. Le versant sud, au contraire, n'était que quiétude. Des prairies descendaient en pente douce jusqu'à une longue plage de sable blanc bordée d'une eau turquoise inattendue à cette latitude. Au large, la mer s'intensifiait dans un bleu outremer qui, par contraste, renforçait la transparence du ciel.

– A mon arrivée, je me suis demandé quel paysage je souhaitais découvrir chaque matin à mon réveil. Il y a peu de maisons sur l'île, mais le dépeuplement est tel que j'avais le choix. J'ai d'abord pensé au sud, bien sûr. Finalement je me suis installé au nord. L'océan y change tout le temps et le ciel prend des teintes que je n'ai vues nulle part ailleurs. Rien, de ce côté, ne semble jamais définitif.

Ils descendirent vers le sud, jusqu'à la plage. Angela se déchaussa. Le sable était froid. Elle retroussa son pantalon jusqu'aux genoux. En entrant dans l'eau, elle eut un cri de saisissement qui le fit sourire. La douleur était vivifiante. Angela marcha jusqu'au moment où elle ne sentit plus ses pieds.

– Ça vous arrive souvent de vous faire agresser ?

– Pardon ?

– Cette femme, dans la librairie...

– Ah... pas trop souvent.

– Vous étiez si pâle.

– La chaleur... sans doute.

Angela sut qu'il n'était pas dupe.

– Sur l'île, il n'y a aucune règle, aucun code auquel se référer, personne à convaincre de quoi que ce soit. Chacun est libre, absolument libre puisqu'il n'y a rien à faire. Les gens naissent, ils vont vaguement à l'école, après les hommes pêchent, un peu, les femmes restent avec les enfants, ils vieillissent sans compter les jours, puis ils meurent. Ils sont heureux.

– Vraiment ?

– Il ne faut pas se fier à l'impression d'ennui.

Il continua à voix basse :

– Vous aviez l'air perdue dans cette librairie.

Ils quittèrent le rivage et s'éloignèrent vers l'ouest où le paysage redevenait austère.

Un phare blanc apparut au loin. Angela entendit un son étrange et plaintif. Elle crut qu'il s'agissait du vent.

– Vous voyez, là-bas, à la pointe de l'île ? C'est cette femme que vous entendez. Juste derrière, c'est son mari. Il ne la quitte jamais. Elle a perdu la raison. Elle sort chaque jour, elle chante et danse comme maintenant, quel que soit le temps, même dans l'obscurité de l'hiver. Le phare finira par être automatisé. Je ne sais pas ce qui se passera alors. J'espère qu'on les laissera tranquilles.

Angela ne distinguait pas le visage de la femme, mais elle voyait sa fine silhouette tournant sur elle-même, bras écartés, tête renversée en arrière. Elle tournait tant qu'Angela se demanda comment elle ne perdait pas l'équilibre. Mais elle continuait, inlassablement, dans le vent qui portait son étrange mélopée.

– Je m'appelle David. Vous devez être fatiguée. Rentrons.

Elle se sentait seulement légèrement étourdie par la vivacité de l'air. Elle s'était réveillée à Paris dans un sentiment de dislocation et d'effroi. Maintenant le vent, l'odeur de l'océan, le ciel à l'infini l'apaisaient, la purifiaient.

Ils approchèrent de la maison. Le jour était aussi éclatant qu'à son arrivée.

– Quelle heure est-il ?

– Neuf heures. Il n'y aura pas de nuit. Vers une heure du matin, la lumière s'estompera à peine, puis l'horizon s'irisera de reflets mauves et, très vite, ce sera de nouveau la pleine clarté.

Angela s'appuya contre la balustrade de la véranda, face à l'océan. David se tenait à côté d'elle. Sans le regarder, elle tendit la main vers lui. Leurs doigts se rencontrèrent. Angela chancela. Elle n'avait jamais rien éprouvé de tel. Ce fut une longue caresse, plus intense que toutes les étreintes passées. David avait la main chaude et puissante. Ses doigts s'entremêlèrent aux siens, ils en caressèrent la pulpe, le contour des ongles, ils s'enroulèrent autour de chacun comme pour en capturer l'empreinte ; et lorsqu'ils remontèrent vers la naissance du bras, Angela crut défaillir. Il vint alors derrière elle et l'enlaça. Elle se laissa aller contre lui. Angela voyait seulement la mer et le ciel à perte de vue. Plus rien n'existait que cet instant.

C'était l'année dernière.

La torpeur nocturne s'est dissipée. Il est huit heures. Les taches écumeuses apparaissent maintenant sur l'océan et s'effacent aussitôt pour se former ailleurs ; Angela se masse la nuque pour dissiper une raideur. A présent, David doit être réveillé ; il ne va pas tarder à la rejoindre. Il a travaillé une partie de la nuit pour terminer la traduction du polar américain attendue par son éditeur parisien. Hier soir, elle lui a préparé une Thermos de café, puis elle est montée se coucher. Un concerto de Mozart venait du rez-de-chaussée. Angela pensa à son projet d'album. Depuis un an, elle dessine tous les jours mais elle n'a pas écrit une ligne ; peut-être parce que, sur l'île, le temps s'écoule si lentement qu'il rapproche de la mort et de l'inutilité de toute chose ; ou simplement parce que David accapare la moindre de ses pensées. Elle a glissé dans le sommeil sans s'en rendre compte. Elle ignore à quel moment de la nuit il lui a fait l'amour, mais c'était doux comme un rêve.

En été, sous l'effet d'un soleil tiède, l'évaporation de l'océan absorbe la plate-forme pétrolière dans la brume. Mais, aujourd'hui, elle apparaît dans le lointain. Sa structure métallique qui vacille tel un mirage annonce l'arrivée de l'automne. Angela aperçoit l'hélicoptère amenant les hommes qui vivront sur l'usine flottante pendant plusieurs semaines. La plateforme, c'est à peu près l'idée qu'elle se fait de l'enfer, surtout certains jours d'hiver, lorsque sa flamme embrase les ténèbres.

David lui manque. C'est absurde. D'un instant à l'autre, la porte de la véranda va s'ouvrir. Il se penchera vers elle, il écartera légèrement le col de sa veste et lui glissera un baiser dans le cou. Il lui proposera de croquer dans sa tartine. Comme chaque matin, elle refusera – elle n'a jamais rien pu avaler avant midi. Il prendra sa main et ils partiront le long de la falaise. En descendant vers la plage, des cailloux rouleront sous leurs pieds et dégringoleront en cascade jusqu'en bas. Ils marcheront en suivant les festons d'écume, les vagues les plus puissantes les obligeant à un brusque recul. Le crépitement des galets chahutés par les courants résonnera comme une musique familière. Pourtant, Angela guettera l'instant où David se dérobera. Cela ne durera pas. Mais elle aura le temps de deviner son regard qui s'embrume et sa bouche qui se crispe dans une expression insaisissable. Elle aura l'impression qu'il lui échappe, que plus rien n'existe. Elle se figera. Elle fixera le large. Elle ne veut pas connaître ce visage. Puis il s'apercevra qu'elle n'est plus à ses côtés, qu'elle s'est arrêtée. Il lui fera signe de la rejoindre avec un sourire qui dissipera toutes les craintes. Il lui demandera à quoi elle pense. Elle répondra « à rien » et s'agrippera à son bras. Pendant qu'ils arpenteront la grève, elle se reprochera comme à chaque fois son manque de confiance.

A part le vent qui siffle en s'engouffrant dans la varangue, il n'y a que le silence. David doit être en train de prendre sa douche ou son petit déjeuner. Elle va aller le retrouver. Elle reste immobile. Ses yeux cherchent quelque chose à quoi s'accrocher mais ils ne rencontrent qu'une blancheur aveuglante. Elle se lève, la tête lui tourne. Elle se retient au mur. Elle pénètre dans la maison, traversc le salon. Une fenêtre bat quelque part. Aucun bruit ne rappelle la présence de David : de l'eau qui coule, le ronronnement de la cafetière ou le cliquetis des touches du clavier de l'ordinateur. La porte d'entrée est grande ouverte. Angela la referme. La voiture est à sa place.

David dort encore, bien sûr. Elle arrive en haut de l'escalier à bout de souffle.

Seule l'odeur de leurs corps unis dans la tiédeur du sommeil flotte dans la chambre. Elle ouvre la fenêtre et quitte aussitôt la pièce.

Dehors, elle se dirige vers la falaise. Les mouettes tournent, bec ouvert, folles d'excitation, au-dessus d'un banc de poissons. En observant les oiseaux, Angela perçoit pour la première fois la cruauté de leurs cris. Il lui semble qu'elle ne pourra jamais parcourir les derniers mètres. Ses pas l'amènent pourtant à l'extrémité du surplomb. Là, très lentement, son regard glisse vers le rivage, cent cinquante mètres plus bas. Il n'y a rien que les vagues écumantes qui se fracassent sur les rochers dans un puissant reflux.

Elle attend toute la journée sous la véranda. Elle ne pense pas. Elle ne bouge pas. La lumière éblouissante absorbe peu à peu le paysage jusqu'à ce que ne subsiste qu'un vide dans lequel Angela se noie. C'est comme une indifférence où il fait presque bon. Un engourdissement. De temps en temps, elle fait quelques pas devant la maison.

En fin d'après-midi, le téléphone sonne. Elle se lève d'un bond et décroche avant que le répondeur se mette en marche.

– Je voudrais parler à David, s'il vous plaît.

– Il n'est pas là.

– A quelle heure rentre-t-il ? Nous n'avons toujours pas reçu sa traduction, ça devient très urgent, le texte doit partir à l'imprimerie.

Angela raccroche. La sonnerie du téléphone retentit de nouveau.

– Nous avons été coupés. Dites-lui de nous rappeler dès qu'il rentre. Vous êtes là ? Allô ! Il y a quelqu'un ? Je suis bien chez David Nielson ?

Angela a lâché le combiné. Elle reprend sa place sur le fauteuil à bascule. Elle se rappelle ce jour où elle courait au bord de la falaise, riant aux éclats et se laissant guider par le vent.

Elle avait éprouvé un sentiment d'absolue liberté. David avait failli lui briser le poignet en l'attrapant au vol, et il l'avait enlacée si fort qu'elle avait dû le repousser pour desserrer l'étreinte.

Une fois, elle avait songé à disparaître avant cette petite mort qu'est l'habitude, avant que vienne le moment où la beauté de l'océan, l'isolement et la certitude de s'aimer ne suffiraient plus à entretenir le désir. Quelle folie !

Les heures s'écoulent.

C'est la première nuit. Il faudrait se glisser dans les draps froids, ne pas bouger pour ne pas sentir le lit trop vaste, trouver le sommeil malgré le cœur qui bat trop lentement et trop fort, qui donne la nausée. Elle n'ira pas se coucher.

Elle change l'eau des fleurs, de la bruyère pourpre et rose.

Elle époussette chaque meuble, chaque objet.

Elle sort le tapis et le secoue.

Elle passe l'aspirateur.

Elle nettoie les carreaux.

Elle vide le réfrigérateur et le dégivre.

Elle trie dans le placard les boîtes de conserve périmées.

Lorsqu'elle ne trouve plus rien à faire, elle s'assied sur le vieux canapé. Elle n'a pas sommeil. Elle observe la pièce : la petite table basse où elle a l'habitude d'étendre ses jambes, le lampadaire à l'abat-jour cabossé, la table sur le rebord de laquelle des touches de piano ont été gravées, deux chaises, l'ordinateur de David, la bibliothèque croulant sous des centaines de partitions musicales, le télécopieur posé par terre, des romans policiers anglo-saxons en version originale empilés partout, sur le rebord des fenêtres, au sol le long des murs. Et puis c'est tout.

Elle prépare un gâteau au chocolat.

Elle retourne au salon et s'endort sur le canapé comme on s'évanouit.

SEPTEMBRE

Mercredi 1er septembre 1999

Angela marche dans les terres, là où elle se promène habituellement seule avec ses carnets de croquis. Aujourd'hui, elle ne dessinera ni le ciel jetant sur la mer un voile d'encre, ni le paysage assombri. La disparition de David accapare son esprit jusqu'à l'hypnose.

Elle croise un troupeau de moutons. Longtemps après que les bêtes ont disparu derrière la colline, résonne le tintement de leurs clochettes. Parvenue au sommet de l'île, elle s'assied sur la roche affleurant de terre. L'air immobile annonce la tempête. L'océan s'est arrêté de battre. Les nuages plongent la lande dans la pénombre. On dirait la nuit tombée. Angela frissonne.

La réalité est tellement floue, tellement incertaine... Et si tout cela n'était qu'un rêve.

Le chemin du retour paraît interminable. Elle trébuche à plusieurs reprises. Un point de côté lui cisaille le ventre, ses jambes ne trouvent plus leur rythme et fléchissent sans prévenir.

Surtout, ne rien espérer.

Le brouillard efface la maison au fur et à mesure qu'Angela s'en approche. Dans cette immensité où se confondent l'air, la terre et l'eau, elle sent les premiers élancements. David a disparu sans un mot, en laissant tout derrière lui. La fuite est vertigineuse. Angela avance, et chaque nouveau pas agrandit la déchirure de l'absence puisque personne ne l'attend plus. Ne pas penser.

Elle arrive devant la maison. Elle n'a plus rien à faire ici. Elle ne veut rien emporter. A peine franchirait-elle la porte qu'elle se réfugierait à l'intérieur. Non. Elle va immédiatement monter dans la voiture – ils laissent toujours les clés dans la boîte à gants –, et rentrer à Paris. Elle jette un dernier regard sur le paysage qu'elle a si souvent peint. Au-delà de la falaise s'étendait l'infini ; le contempler était un apaisement. A présent, la falaise marque la fin d'un monde. Au-delà, c'est le vide.

Brusquement, une bourrasque projette ses cheveux sur son visage. Les premières gouttes tombent. C'est le début de l'orage. Elle partira plus tard...

Il va pleuvoir pendant des heures, des jours peut-être.

Angela allume le chauffage et s'installe au bureau. Elle écrit à son amie Nada l'été qui s'achève, l'album que Georges attend depuis des mois, les centaines d'aquarelles qui s'entassent dans un coin. Après un instant d'hésitation, elle invite d'une phrase brève son amie à lui rendre visite. Elle déchire aussitôt la lettre... David peut revenir à tout instant. Personne ne doit s'immiscer dans leur bonheur, pas même Nada.

Elle s'installe sur le canapé. Rien dans la pièce n'a changé depuis son arrivée, ni le désordre ni le dépouillement. Angela avait aimé d'emblée la maison. A Paris pourtant, elle s'était toujours entourée d'objets minutieusement choisis : meubles anciens, accumulation de tableaux, lampes disposées un peu partout qui dispensaient une lumière feutrée, tapis se chevauchant, bouquets de fleurs renouvelés chaque semaine, autant de repères rassurants. Mais David avait comblé tous ses manques. Auprès de lui, elle se sentait presque invincible. Elle avait besoin de lui, seulement de lui.

Quelque chose attire son attention tout en haut de la bibliothèque. Elle va chercher l'escabeau et découvre un rouleau de papier poussiéreux. Elle le déroule. Un clavier de piano grandeur nature s'étale sous ses yeux. Les coins de la bande sont marqués de larges trous, comme si la feuille était restée longtemps punaisée.

Plusieurs mois auparavant, Angela avait failli acheter un piano. L'idée lui était venue en découvrant les touches gravées dans le bois de la table. Mais David avait blêmi. D'une voix méconnaissable, criarde, il avait dit ne pas vouloir jouer, de quoi se mêlait-elle, écouter la musique lui suffisait. Saisie par la brutalité de sa réaction, Angela était sortie sans un mot. Il l'avait rattrapée dehors et avait raconté le Steinway offert par ses parents pour ses cinq ans, les leçons quotidiennes de solfège après l'école, les années qui passaient avec la certitude de devenir un grand pianiste, jusqu'au jour où il s'était présenté au Conservatoire. Sa médiocrité lui avait alors fait l'effet d'un électrochoc. Cela faisait vingt-cinq ans. Depuis, il n'avait plus touché un piano. Voilà ce qu'il avait expliqué. Angela comprenait mal qu'il ait reproduit sur la table l'instrument auquel il avait renoncé. Il n'y avait rien à comprendre, avait-il rétorqué, c'était juste une absurdité. Elle n'avait pas insisté.

Peu de temps après cependant, il l'avait emmenée au village. Ils avaient descendu trois marches et étaient entrés dans un bar étroit et sombre. Encore éblouie par l'éclat du jour, Angela n'avait pas immédiatement remarqué le piano droit appuyé au mur du fond. A part un homme accoudé au comptoir, le bistrot était désert. Ils s'étaient assis à une table. David avait bu un scotch. Au troisième verre, il s'était levé et s'était installé au piano. Dos à la salle, il était resté un long moment immobile, les mains posées sur les cuisses, le menton sur la poitrine.

Angela avait eu l'impression qu'elle ne pouvait plus l'atteindre, qu'elle n'existait plus pour lui, qu'elle l'avait perdu. Elle avait une fois de plus tenté de se raisonner : David allait jouer, puis il reviendrait près d'elle. Le regard fixé sur sa nuque, elle s'était accrochée à l'idée qu'ils resteraient ensemble sur l'île, que rien ne pourrait les séparer, et que cela durerait toujours. Un deuxième homme était alors entré et avait rejoint le premier. Tout doucement, un murmure avait envahi le bar. Les deux hommes s'étaient tus. Les mains de David s'étaient emparées du clavier, libérant une musique qui ne ressemblait à rien de ce qu'Angela connaissait. Quelques notes, toujours les mêmes, revenaient dans des accords lents, de plus en plus profonds. Angela n'avait pas su si cette mélopée était belle, mais elle l'avait transpercée. C'était douloureux comme un pressentiment, comme l'aveu du temps perdu et des regrets enfouis. Puis une fausse note avait retenti. David s'était aussitôt interrompu. Les hommes avaient repris leur conversation. David s'était levé et était passé devant Angela sans un regard. En le rejoignant dans la rue, elle avait regretté qu'il se soit arrêté. Il avait dit qu'elle n'y connaissait rien, que cela n'avait aucune importance, qu'il voulait simplement rentrer chez eux.

La découverte du rouleau de papier ravive ses regrets. Elle a accepté le mystère qui flottait autour de David. Elle a toujours eu peur de quelque chose, sans savoir de quoi. Elle se dit qu'elle l'a perdu à cause de sa lâcheté. Pas une fois en un an, elle ne l'a surpris en train de jouer virtuellement, mais à présent, elle l'imagine assis, laissant courir ses doigts sur la table ne lui renvoyant que le tapotement sourd des phalanges sur le bois, pire que le silence.

Le vent et la pluie s'engouffrent dans la chambre. Angela ferme la fenêtre. Elle s'immobilise au milieu de la pièce. Tout est insoutenable, le lit, l'armoire pleine des affaires de David, les piles de romans américains entassées au sol, la blancheur des murs sur laquelle son regard se posait après l'amour lorsque, calée contre David, elle n'avait plus peur de rien.

Elle s'effondre sur le lit. Et hurle. Pas un mot. Pas un prénom. Juste une déchirure.

En se redressant, elle découvre une lettre posée sur l'oreiller. Hier, dans sa précipitation, elle ne l'a pas vue. En décachetant l'enveloppe, elle se coupe l'index. Une goutte de sang tache le mot qui accompagne les billets de transport.

Vendredi prochain.
18, avenue du Président-Kennedy, Paris.
17h05.

David est vivant.

Elle va le retrouver.

C'est incompréhensible. Cela ne fait rien, il l'attend. Après-demain... deux jours, c'est court, c'est long.

Il y a tant de choses qu'ils n'ont pas évoquées. Ils se réfugiaient dans l'instant présent. David refusait d'aborder ce qui précédait leur rencontre. Elle-même s'étendait peu sur son propre passé : tout ce qu'elle aurait pu raconter semblait tellement anachronique, tellement dérisoire. David avait-il eu une enfance heureuse ? d'où venait-il ? combien de femmes avait-il eues ? avaient-elles compté ? Angela n'avait besoin d'aucune de ces réponses pour l'aimer. Il avait un air insaisissable et perdu qui lui avait donné envie de le retenir à la seconde où, le jour de son arrivée sur l'île, elle l'avait vu descendre de voiture. C'était pourtant lui qui devinait ses pensées, lui qui apaisait ses tourments. Avant même qu'elle ne nomme une angoisse... il posait ses mains sur son front ; elle hésitait sur le choix d'une couleur pour une aquarelle... il lui faisait remarquer une nuance dans le ciel ; comme si elle et lui ne formaient qu'un seul être, comme si David n'existait qu'en elle.

Oui, David l'aimait comme aucun homme ne l'avait aimée. Mais plus le temps passait, plus Angela pressentait l'existence d'un secret qui les empêchait de se rejoindre complètement.

Elle descend, attrape sa veste et sort. La pluie tombe avec violence. Le jour se noie dans l'orage. Les éclairs déchirent le ciel, les grondements du tonnerre font vibrer la terre. En quelques secondes, Angela est trempée. Elle rit. Elle va revoir David.

Jeudi 2 septembre 1999.

A huit heures du matin, elle téléphone au capitaine du chalutier. Il est sur le point de quitter l'île, il peut l'attendre au port. Mais Angela ne veut pas passer la nuit à Paris. L'ombre des marronniers, l'odeur du métro, les lumières de la ville, sa petite maison au fond de la cour protégée de la rue par l'immeuble, et Nada juste à côté, tout cela est si rassurant. Elle serait capable de ne pas retrouver David. Il faut qu'elle parte demain matin, juste à temps pour le rendez-vous. Le capitaine accepte de remettre son départ au lendemain.

La température a chuté de plusieurs degrés. L'orage d'hier a effacé les dernières douceurs estivales. Bientôt viendront les averses quotidiennes portées par le vent du nord, mais aujourd'hui le ciel est dégagé.

Elle marche jusqu'à leur plage. Les vagues s'échouent sur la grève ; c'est un souffle apaisant. Un son retentit qu'elle reconnaît aussitôt. Les baleines sont toutes proches. Angela scrute l'océan. Elle devine au large une ombre à fleur d'eau, puis des remous. Elles sont là, à quelques milles de la côte. Les signaux sonores se répondent, différents les uns des autres, certains évoquant des barrissements, d'autres des cris d'oiseaux. Angela écoute leur chant, fascinée par cette langue mystérieuse qui vient de la nuit des temps. Un monde palpite près d'elle auquel elle n'aura jamais accès. Lorsque David lui échappait l'espace d'une seconde, d'un regard, qu'il ne la reconnaissait plus, Angela éprouvait le même sentiment. La peur de le perdre n'y changeait rien. Cet homme ne lui appartiendrait jamais, il ne livrerait aucun de ses secrets, mais il la fascinait.

Les écailles d'un poisson mort échoué sur le

rivage luisent au soleil. Elle touche le ventre froid et gonflé. Son doigt s'enfonce à peine, la chair de l'animal cède. Les viscères libèrent une odeur nauséabonde. Angela retire avec un haut-le-cœur son doigt des entrailles de l'animal.

Elle prend un somnifère. David ne s'endort jamais sans ce petit cachet bleu dont il a pourtant oublié le tube. Malgré la fatigue, elle ne trouve pas le sommeil. Elle préfère ne pas prendre un autre comprimé.

Les heures qui suivent sont interminables.

Vendredi 3 septembre 1999.

Angela se réveille sur le canapé. Il est quatre heures du matin, elle ne se rendormira pas. Elle va à la cuisine et s'oblige à avaler deux tartines et un café.

Elle met la chambre en ordre, change les draps. Elle prend une douche, puis elle enfile un pantalon et le pull torsadé de David. Elle s'arrête devant la glace de l'armoire et s'observe. Sa peau est hâlée, l'or de ses yeux se reflète dans ses volumineuses boucles dévorant son visage. L'ensemble la surprend vaguement. Cela fait pourtant un an qu'elle n'attache plus ses cheveux et que l'air marin a bruni son teint autrefois diaphane, mais elle ne croisait plus les miroirs que par inadvertance. Le regard de David lui suffisait.

Il est six heures du matin. Elle le retrouve aujourd'hui.

Elle ferme à clé la porte de la maison, monte dans la voiture et démarre. L'asphalte se déroule devant elle. Une lumière irisée flotte sur l'île.

Lorsqu'elle arrive au village, les marins s'affairent sur le quai. Ils déchargent leur barque, rangent dans des caisses les poissons fraîchement pêchés, vérifient l'état des filets, fument une cigarette. Angela gare la vieille Renault au bout du port et embarque sur le chalutier. Elle s'assied dans la cabine à côté du capitaine qui lui tend une couverture.

L'île s'éloigne. Très vite, on n'aperçoit plus qu'un minuscule point perdu au milieu de l'océan. Le temps d'un battement de paupière, et il semble qu'elle vient d'être engloutie. A moins qu'elle n'ait jamais existé.

L'humidité transperce les os. Angela s'enroule dans la couverture. C'est une traversée paisible. La houle berce le bateau, le moteur ronronne, la mer exhale un parfum salé. Angela sort de sa poche une tablette de chocolat et en propose au capitaine. Il hoche la tête en signe de remerciement et prend une barre. Sa peau est tannée et burinée, ses cheveux sont hirsutes, ses paupières s'ouvrent à peine sur un regard étonnamment transparent.

Ils arrivent sur le continent vers huit heures. Elle paye et descend du bateau sans qu'ils aient échangé un mot.

Dans l'éclat du soleil, le port paraît moins sinistre que l'année dernière à son arrivée. Mais le bourg est toujours désert et les fenêtres sont closes. Angela remonte la rue principale. Une porte s'entrouvre, un chien jaune apparaît, la porte se referme aussitôt sur lui qui traverse la chaussée pour aller pisser contre une maison voisine.

Angela attend le départ du train, assise sur le banc devant la gare. Surgis de nulle part, des hommes avancent, les épaules lasses, le teint blême et la mâchoire crispée, vers un bus garé un peu plus loin. Lorsque le véhicule s'ébranle et passe devant elle, Angela entrevoit les regards qui glissent sur elle sans la voir.

Dans le train, puis dans l'avion, elle ne pense à rien. Elle crève d'impatience et de peur. Elle ne veut rien savoir. Dix-sept heures cinq, avenue du Président-Kennedy... aujourd'hui... tenir bon jusque-là.

Dès l'aérogare de Roissy, Angela comprend qu'elle revient en étrangère. Les vêtements trop vastes de David accentuent l'impression de flottement. Partout les gens s'agitent, courent, se bousculent, trépignent. Même ceux qui attendent l'arrivée des passagers sont fébriles.

Dehors, la chaleur la surprend, une chaleur moite qu'elle avait oubliée. Elle s'engouffre dans la file d'attente des taxis. Il est quinze heures trente. Elle lève les yeux ; le chapiteau de béton laisse apparaître, en son centre, un ovale de ciel laiteux. La lumière, l'espace et le vent lui manquent presque autant que David.

– Angela Wilson... je ne rêve pas ? Mais oui ! vous revoilà parmi nous !

L'homme la détaille rapidement de la tête aux pieds, une jouissance au coin des lèvres.

– Tout le monde s'est demandé ce que vous étiez devenue, vous savez !

– Vous faites erreur.

– Ah ! excusez-moi... je croyais vraiment... vous n'êtes pas Angela Wilson ?... excusez-moi.

Il la scrute encore quelques secondes puis, déçu, tourne les talons.

Depuis un an, elle n'a écouté que des concertos pour piano. Dans le taxi qui roule vers la capitale, la radio diffuse des variétés interrompues par des spots publicitaires. Le sachet suspendu au rétroviseur répand un parfum de noix de coco. Angela ouvre la vitre.

L'homme qui l'a accostée est un romancier dont Georges s'occupe. Chaque fois qu'elle l'avait croisé, il arborait ce sourire ironique avec lequel il vient de se planter devant elle, frémissant d'excitation à l'idée d'être celui qui l'aurait retrouvée, celui qui le premier pourrait dire :

« Angela Wilson, elle a changé ! ce n'est pas croyable ! elle a un air furieusement rustique à présent... vous devriez la voir ! » Elle n'est pas revenue à Paris pour lui faire cette joie. Il doit d'ailleurs avoir d'autres préoccupations : la rentrée littéraire démarre, et il sort un livre. Un jour, Angela l'avait surpris en train de sermonner un journaliste avec des douceurs ecclésiastiques, la tête légèrement inclinée et le regard brillant d'une ruse minaudante, à propos d'un Goncourt attribué à un autre.

La voiture débouche porte de Clignancourt à seize heures. Les rues défilent. Début septembre, les passants marchent avec entrain. Rien n'a changé. Sauf elle. Autrefois, à chaque retour de voyage, Angela s'étonnait d'avoir supporté le déracinement. Paris était pour elle un ventre chaud. Ni la moiteur de juillet ni la pluie fine de novembre ne l'importunaient. Elle aimait les camaïeux glissant au fil des saisons sur l'asphalte, sur la pierre des façades et sur le zinc des toits : les gris mornes de l'hiver, les gris évanescents du printemps et les gris rosés de l'été. Mais ce qu'elle appréciait par-dessus tout, c'était l'anonymat de la ville. Elle se fondait dans la foule, personne ne lui prêtait attention, elle éprouvait l'exquise sensation qu'elle n'existait pas vraiment.

A seize heures vingt, elle descend du taxi place de la Concorde. La chaleur et les gaz d'échappement la prennent à la gorge. Elle part à pied et rejoint le quai. Un couple de mouettes la suit, puis disparaît en quelques battements d'ailes. Elle marche. Ses jambes, habituées aux longues promenades sur l'île, se déroulent souplement. Marcher. Surtout sans penser à rien.

Place de l'Alma, elle entre dans une brasserie et commande au comptoir une eau minérale. Elle lève les yeux. Un miroir mural lui fait face... elle voit sa mère. Il y a si longtemps... Elle n'avait jamais perçu la ressemblance, ne l'avait même pas envisagée... elle trouvait sa mère si belle. L'Italienne avait une façon d'effleurer ses dents du bout de la langue qui agaçait les hommes, son teint mat et soyeux appelait les caresses, son regard confiant était une invite, son allure nonchalante évoquait la soumission. Angela était le portrait craché de sa grand-mère paternelle, une Anglaise fine et pâle. La mère et la fille n'avaient rien en commun, sinon la masse et la frisure de leurs cheveux, raison pour laquelle Angela avait, dès l'enfance, pris l'habitude de se coiffer en queue de cheval. Sa mère, au contraire, laissait sa chevelure brune flotter autour de son visage comme une auréole accompagnant le moindre de ses frémissements.

Angela était jolie, à sa manière. Elle plaisait par son ironie discrète et son élégance. Mais elle ne dégageait rien de charnel, rien de voluptueux qui eût pu se confondre avec cette forme de vulgarité qui effraye les hommes trop bien élevés.

Et puis elle avait rencontré David. Et tout avait changé.

Le barman s'arrête en face d'elle.

– Je peux vous offrir quelque chose ?

Angela jette un coup d'œil de chaque côté pour s'assurer qu'il s'adresse bien à elle.

– Non... merci.

Il s'éloigne. Angela fixe la glace qui lui renvoie les éclats jaillissant de ses yeux comme autant d'appels, et le sourire d'un jeune homme accoudé au bar, un peu plus loin. Elle avale d'une traite son verre d'eau et s'en va.

Il est seize heures cinquante-cinq lorsqu'elle arrive en bas du Trocadéro, au début de l'avenue du Président-Kennedy. Ses doigts deviennent gourds comme quand elle était jeune et rougissait pour un rien. David doit déjà l'attendre. Il est tout près. Avancer, respirer – essayer de respirer –, ne pas défaillir même si elle ne sent plus ses jambes, marcher vers lui, se jeter dans ses bras, se fondre en lui et oublier le vertige des trois derniers jours.

Les voitures débouchent du tunnel à vive allure. Sur le trottoir, il n'y a pas un chat. Les immeubles s'élèvent au-dessus de la voie sur berge. Les eaux sales du fleuve exhalent une odeur d'égout. Elle marche vers le pont de Bir-Hakeim.

Dès qu'ils seront ensemble, il faudra partir, quitter cette ville où ils n'ont aucun repère. Elle trouvera les mots, elle saura apaiser ses tourments. En sa présence, elle se sent si forte. Ils iront ailleurs, n'importe où pourvu qu'ils soient ensemble.

Elle arrive sur le lieu du rendez-vous. Dix-sept heures trois. Deux minutes d'avance. David l'attend sans doute à l'intérieur. Au numéro 18, l'unique porte, condamnée par une grille de fer, est celle d'un café fermé depuis longtemps. L'entrée de l'immeuble se trouve sur le côté, rue de l'Alboni. Angela pénètre dans le hall. Il n'y a personne.

Dix-sept heures dix. Elle attend sur le trottoir. Une chaleur étouffante s'engouffre dans la gorge formée d'un côté par les immeubles et de l'autre par un mur haut de quatre mètres qui soutient le pont de Bir-Hakeim. Le métro aérien traverse ici la Seine et rejoint la rive gauche. Un bruit lui fait lever la tête. Quelqu'un marche au-dessus d'elle, sur la passerelle de bois qui enjambe l'avenue et relie la partie inférieure du pont au trottoir. On descend l'escalier. Un jeune homme dévale les dernières marches et manque tomber sur Angela. Les minutes s'écoulent. Rien. C'est comme si chaque mouvement, chaque regard risquait d'empêcher David d'arriver jusqu'à elle. Elle ne bouge pas. Une rame de métro venant de l'autre rive passe au-dessus dans un fracas de ferraille grinçante et de caoutchouc crissant. « Je t'aime. » Angela sursaute. Elle se retourne. Souvent, David lui susurrait des mots d'amour ; parfois aussi, il lançait les mots avec rage. Le grondement du métro pénètre le corps et demeure bien après l'éloignement des wagons. Angela attend.

Soudain, c'est l'évidence : il est là-haut, bien sûr, dans la lumière. Comment n'y a-t-elle pas pensé plus tôt ? Il est dix-sept heures vingt. David doit commencer à s'inquiéter. Elle se précipite vers l'escalier, s'agrippe à la rampe, son cœur bat fort, elle arrive sur la passerelle tout étourdie. A cet instant, une rame en prise de vitesse quitte la station Passy dans un vacarme d'enfer. La voie ferrée, juste au-dessus de sa tête, ébranle la passerelle. Le sol tremble sous ses pieds. Tout vacille. Angela s'immobilise. Le grondement est assourdissant. Elle se prend la tête entre les mains, et serre, serre, c'est la fin. Non. C'est juste le métro qui déjà s'éloigne. Elle rouvre les yeux. Devant elle, l'architecture de métal et d'asphalte est imposante. Dans un effet de perspective, file une double enfilade de colonnes d'acier qui soutient le niveau supérieur réservé au métro. En dessous, deux voies de circulation automobile encadrent un large trottoir pour piétons.

Un pas après l'autre, elle avance sur le pont. Les voitures passent de chaque côté. Au milieu de la Seine, une île s'étire vers la droite. Angela veut regarder si David ne l'attend pas sur la bande de terre qui divise le fleuve. Elle traverse. Elle entend un crissement de pneus, un klaxon, puis des injures. Elle n'a pas vu arriver la moto qui a failli la renverser. Angela n'a pas eu peur, elle ne sent plus rien. Elle se penche sur le parapet. Au pied de la pile de pierre, des mégots de cigarette, des canettes de bière et des préservatifs usagés jonchent le sol.

Cent mètres plus loin vers la rive gauche, une ombre s'esquive derrière un pilier. Angela n'a pas la force de courir. Elle lutte pour ne pas se laisser tomber, se recroqueviller et ne plus rien savoir. Une péniche glisse sur le fleuve. La tour Eiffel s'élève vers un ciel opaque. Une fille en rollers déboule à toute allure derrière Angela, suivie d'un garçon qui la tire par le bras pour l'arrêter. Avec l'élan, ils tournent sur eux-mêmes. Ils s'enlacent, essoufflés et heureux.

Angela arrive au bout du pont. Elle n'a pas trouvé David.

Elle fait demi-tour.

Elle quitte l'avenue du Président-Kennedy et marche jusqu'aux jardins du Trocadéro. Elle s'assied sur un banc. Les yeux fermés, les coudes sur les genoux et la tête entre les mains, elle se balance légèrement d'avant en arrière. C'est apaisant. Il n'y a plus que ce bercement qui rappelle le fauteuil à bascule de David, la véranda, l'air pur, les crépuscules face à l'océan. Elle ouvre les yeux. Devant elle, des enfants font du toboggan, de la balançoire, ils courent, jouent au ballon. Elle s'en va.

Le taxi roule, vitres ouvertes, jusqu'à l'Assemblée nationale. Un embouteillage bloque le boulevard Saint-Germain. Son appartement est tout près. Angela pourrait descendre. En cinq minutes, elle retrouverait son atelier, les crayons de couleur en désordre sur son immense bureau, les gommes, les boîtes d'aquarelles, les gobelets remplis de pinceaux de toutes tailles. Et les rares choses auxquelles elle tient : les maquettes de ses albums, sa collection de montres, la paire de créoles en or offerte par son père pour ses dix-huit ans et qu'elle n'a jamais portée – elle n'a pas les oreilles percées –, et la photo de sa mère.

Et aussi Nada qui sortirait de sa loge et se jetterait à son cou dès qu'elle franchirait le porche. C'est elle qui fait suivre son courrier sur l'île et qui lui écrit chaque semaine. Elle raconte des choses sans importance : le chat Solitude qui refuse de sortir – des rhumatismes sans doute, il n'est plus tout jeune, à moins qu'il soit déprimé –, le temps qu'il fait à Paris, les derniers potins rapportés par Georges, l'éditeur qui depuis quelques mois passe chaque jour prendre le café chez elle. Nada ne pose jamais de question, elle n'évoque pas un éventuel retour d'Angela.

Arrivée de Yougoslavie vingt ans plus tôt – elle en avait alors dix-neuf –, enceinte et ne parlant pas un mot de français, Nada avait accepté sans hésitation ce travail de concierge. Peu de temps après, le ventre gonflé et les yeux fiévreux, elle avait un soir frappé à la porte d'Angela qui l'avait aussitôt emmenée à la maternité. Dès lors, ce fut comme si elles s'étaient toujours connues.

Pendant trois ans, tous les matins, Angela avait gardé le bébé pendant que sa mère s'occupait de l'immeuble. Entre coups de téléphone et lecture de manuscrits (elle était encore l'éditeur), Angela avait donné le biberon, changé les couches, consolé, bercé, elle s'était émerveillée des premiers pas d'Anna puis de ses premiers mots. Elle avait aimé cette petite fille chaque jour davantage, d'une façon si douce et si profonde qu'il lui semblait impossible d'aimer autant un autre enfant. Le temps de l'école était venu. La fillette revenait tous les soirs chez Angela.

Nada avait refusé tous les emplois qu'Angela lui trouvait. Elle ne voyait aucun déshonneur à nettoyer les escaliers ni à sortir les poubelles sur le trottoir. Elle aimait le quartier, et était habituée à son deux-pièces dont les fenêtres donnaient sur celles de la maison qu'Angela occupait au fond de la cour. Elle disait aussi qu'elle finirait par retourner chez elle, en Yougoslavie. Puis la guerre avait éclaté.

La circulation est bloquée. Le taxi n'a pratiquement pas avancé.

– Monsieur, où allez-vous ?

– Ben là où vous m'avez dit : rue de Verneuil.

– J'ai changé d'avis. Emmenez-moi à Roissy, s'il vous plaît.

La voiture s'échappe sur la droite dans la rue de l'Université.

Le double vitrage atténue le grondement des avions qui décollent et atterrissent dans la nuit. Angela est assise sur le lit de la chambre d'hôtel. Elle reste longtemps la main sur le combiné du téléphone. Elle voudrait tellement entendre la voix de Nada. Mais il faudrait avouer qu'elle s'enfuit de nouveau. Elle tire les rideaux et commande une salade.

Samedi 4 septembre 1999.

Angela passe la douane de Roissy. Elle a deux heures d'attente avant le départ de l'avion. Elle prend un café, puis déambule dans les halls. Elle essaie dans une boutique une robe vert bronze, assez ajustée. Le reflet renvoyé par le miroir lui plaît : son changement d'apparence prouve l'existence de David. Avant lui, elle n'était qu'une esquisse. Elle décide de garder la robe sur elle. Un peu plus loin, elle achète une montre en or rectangulaire qu'elle met aussitôt à son poignet.

Sur l'île, le répondeur est branché en permanence, et lorsque le téléphone sonne, David ne décroche jamais. Il rappelle plus tard, quand il est seul dans la pièce. De ses interlocuteurs,

Angela ne connaît que les messages enregistrés par la machine. Mais cela lui a suffi pour identifier la femme qui a appelé mardi, réclamant le texte traduit, une certaine Jeanne R. D'une cabine téléphonique de l'aéroport, Angela compose le numéro de l'éditeur. Elle reconnaît aussitôt la voix.

– Bonjour. Nous nous sommes parlé l'autre jour quand vous cherchiez à joindre David Nielson.

– Ah, c'est vous qui m'avez raccroché au nez !

– Avez-vous reçu sa traduction ?

– Ce matin.

– Il vous l'a lui-même apportée ?

– Je ne crois pas. L'enveloppe a été déposée hier soir.

– Savez-vous où on peut le joindre ?

– ... Qui êtes-vous ?

– Une amie.

– Je n'ai aucune idée de l'endroit où il se trouve. D'ailleurs, vous avez de la chance de me trouver au bureau un samedi matin. Tout ce que je peux vous dire, c'est qu'un mot accompagnait le manuscrit, disant qu'il ne faut plus rien lui envoyer, qu'il arrête de travailler. C'est tout ce que je sais.

L'avion a atterri avec une heure de retard, et lorsque Angela arrive sur le quai de la gare, elle aperçoit le train qui s'éloigne. Il n'y a plus personne au guichet. Elle retourne à l'extérieur du petit bâtiment désert. Le taxi qui l'a amenée de l'aéroport est déjà parti. Un homme au volant d'une voiture spacieuse s'arrête à sa hauteur.

– Je peux vous emmener ?

– Merci, j'attendrai le prochain train.

– Alors vous allez devoir attendre jusqu'à demain après-midi.

– Vous êtes certain qu'il n'y a pas un autre train, ou un car ?

– Absolument. C'est déjà bien qu'ils n'aient pas encore supprimé la ligne.

Angela monte à côté du conducteur. Il a une cinquantaine d'années, il est grand et porte des lunettes de soleil.

Ils roulent à travers la campagne, traversant parfois un village où les vieillards, assis sur le seuil de leur maison, n'attendent plus rien.

L'homme conduit en silence. Elle préférerait qu'il engage la conversation. Le paysage s'assombrit ; on croirait venir la nuit. Sa robe remonte sans cesse sur ses cuisses, elle tire discrètement sur le tissu, ce qui l'oblige à soulever les fesses. Le mieux est de ne plus bouger du tout. Elle sent que l'homme observe ses jambes à la dérobée. Pourtant elle ne voit qu'un profil tendu vers la route, impassible, et ce regard masqué par les verres fumés. Elle aurait dû attendre le prochain train, mais elle était si pressée de rentrer sur l'île. Elle cherche quelque chose à dire, le silence est pire que tout. L'imposante masse d'un bâtiment se découpe dans le lointain, encadrée par quatre tours.

– Qu'est-ce que c'est ?

– Une prison. Les plus grands criminels du pays sont là. Ces salauds sont tellement dangereux qu'il y a un gardien pour trois détenus.

Angela repense aux hommes de la ville aperçus hier matin. Ils montaient dans le car comme des automates, le teint blafard malgré l'océan, malgré le vent salé qui fouette les joues. Et ceux qu'elle avait vus l'année précédente dans le café, la nuque brisée et les lèvres serrées, qui buvaient un mauvais alcool jusqu'à sombrer dans l'apathie. Tous sont gardiens du pénitencier. Cela explique le port laissé à l'abandon, les rues désertes, les fenêtres fermées, les murs gris, et partout cette impression de vie en suspens.

La route est interminable. La campagne est désertique, il n'y a plus une seule habitation. L'homme pourrait faire ce qu'il veut, l'étrangler ou la violer. Elle ne pourrait même pas tenter de s'enfuir, et crier ne servirait à rien. L'air lui manque. Elle tente d'ouvrir la vitre, mais le bouton est bloqué.

– Est-ce qu'on peut s'arrêter, s'il vous plaît ?

Il ne répond pas. Angela a envie de crier. Elle veut son sac qui est dans le coffre, elle veut mettre le pull de David, enfiler son pantalon. L'homme semble ne pas l'avoir entendue. Il la terrifie. Elle se tait.

Ils arrivent enfin, Angela descend de la voiture. Le conducteur ouvre le coffre et lui donne ses affaires. Il enlève ses lunettes de soleil, un étrange rictus aux lèvres. Puis il disparaît.

Elle entre dans le café du port. Le barman est seul. C'est à peine si son regard s'anime lorsqu'elle lui demande un jeton de téléphone. Au sous-sol, elle enlève sa robe et remet les vêtements de David. Elle appelle le capitaine du chalutier. Personne ne répond.

Elle fait quelques pas sur la jetée. Le souffle marin et le bruit régulier du ressac lui font du bien. Elle aperçoit, à l'autre bout du port, le chalutier. Amarré à la dernière bitte, le bateau tangue doucement. Elle le rejoint. Le clapotis résonne sur la coque. Elle enjambe le bastingage et pousse la porte de la cabine. Elle prend la couverture dans le caisson qui sert de banquette et s'allonge.

Dimanche 5 septembre 1999.

– Bonjour.

Angela plisse les yeux. La lumière est aveuglante. Le capitaine lui sourit.

– Quelle heure est-il ?

– Onze heures. Ça fait un bon moment qu'on est partis, mais on n'arrivera pas avant midi. On dirait que vous aviez sacrément sommeil. A part quelques vieux marins, je n'ai jamais vu personne dormir avec une mer pareille.

– Je vais prendre l'air.

Il lui tend une fiole de whisky. Revigorée par l'alcool, elle va s'installer à l'avant en s'accrochant à la rambarde. Le soleil brille sur l'océan déchaîné. A chaque vague, le chalutier se soulève de plusieurs mètres, et retombe lourdement en heurtant l'eau. Les chocs se succèdent sans répit, et chaque fois ébranlent le corps. Les vertèbres vibrent, les viscères se tassent et se bousculent, exactement comme dans son enfance lorsqu'elle montait sur les montagnes russes.

Chaque printemps, des forains s'installaient dans la petite ville près de Cherbourg où elle habitait avec ses parents. Le dimanche, elle allait à la fête accompagnée par sa mère. Les autotamponneuses, les miroirs déformants, le stand de tir où attendaient d'affreuses peluches, les diseuses de bonne aventure, rien de tout cela ne l'intéressait. D'un pas décidé, elle traversait le parc d'attractions jusqu'aux montagnes russes. Ce qu'elle aimait, c'était la prise de vitesse et l'envolée vers le ciel avec l'impression d'atteindre les nuages, et quand tout d'un coup, au sommet, le sang afflue à la tête et étourdit. Elle recherchait la peur apprivoisée dans les virages et les descentes vertigineuses. C'était une victoire sur elle-même, une ivresse. Soudain elle n'était plus une petite fille vivant dans l'ombre de ses parents : elle devenait une reine, une guerrière. Sa mère attendait sans impatience. Entre deux tours, à l'arrêt du manège, la fillette voyait l'Italienne du Sud, avec ses cheveux fous, ses immenses yeux noirs en amande, et son corps qui faisait surgir des lueurs inquiétantes dans le regard des hommes. Alors qu'elle n'avait pas trente ans, ses seins étaient déjà un peu trop lourds et ses hanches un peu trop larges, mais son absence de coquetterie, son indifférence à l'attention d'autrui la rendaient encore plus désirable. Les forains l'encerclaient, ils rôdaient autour d'elle, si près qu'ils devaient sentir le parfum de sa peau. Angela avait toujours pensé que sa mère appartenait aux hommes, à tous les hommes, aux forains comme au directeur de l'école qui convoquait sa mère plusieurs fois par mois, et parfois à quelques jours d'intervalle, juste pour lui dire combien sa fille était bonne élève, aux commerçants du village qui se taisaient soudainement à son passage, et bien sûr, à son père. Il aimait sa femme d'un amour qui excluait l'enfant.

Un jour, elle avait cinq ans, Angela était entrée dans la chambre de ses parents sans frapper à la porte. Allongés sur le lit côte à côte, ils avaient tourné la tête vers elle d'un même élan, interrompant leur conversation. Son père avait tiré profondément sur sa cigarette. Sa mère avait ajusté la bretelle de sa combinaison. Quarante-deux ans après, Angela se souvient encore du silence de ses parents, et de leur regard se posant sur elle comme sur une étrangère.

Les rares instants où Angela avait l'impression que sa mère lui appartenait, c'était le soir, lorsque celle-ci venait dans sa chambre pour la border. Elle s'asseyait sur son lit une ou deux minutes, jamais davantage. Elle lui caressait la tête, son regard doux posé sur la fillette.

Et puis sa mère était morte.

Une voiture qui mord le trottoir pour éviter un passant traversant au mauvais endroit, et justement, sur le trottoir, une femme qui va chercher sa fille de neuf ans à l'école.

Après l'enterrement dans le sud de l'Italie, le père déménagea. A part les affaires d'Angela, tout fut abandonné sur place. Alors, commença une autre vie : son père loua à Paris un appartement dans un coin désolé du seizième arrondissement, entre les jardins du Ranelagh et le boulevard Flandrin. Il fit poser une plaque sur l'immeuble : « Docteur Wilson, médecin généraliste ». En Normandie, sa réputation s'étendait jusqu'à Granville, il s'occupait des grippes comme des accouchements. Mais à Paris, où personne ne le connaissait, il restait seul dans son bureau le plus clair de son temps.

Les années s'écoulèrent. En semaine, c'était la morne routine de la pension. Le week-end, Angela retrouvait la silence de l'appartement. Pour les vacances scolaires, son père l'envoyait dans le manoir familial, près de Southampton.

Les grands-parents d'Angela avaient croisé une fois leur belle-fille qui ne parlait ni anglais ni français, et qui serrait contre son sein un nouveau-né. C'était assez pour ne plus la revoir. La deuxième rencontre avec leur petite-fille eut lieu dix ans plus tard. L'enfant les trouva alors vieux et égoïstes, et l'austère bâtisse perdue au milieu de la campagne humide lui donna la chair de poule.

Elle passait ses journées à l'office avec la bonne. Martha, célibataire, la trentaine, chantait tout le temps. Elle montra à Angela comment faire des cakes, des apple pies, comment composer des bouquets avec des fleurs des champs et des herbes sauvages. Le soir, quand tout le monde était couché, elle descendait rejoindre la fillette dans sa chambre. Assise sur son lit, elle lui racontait de vieilles légendes celtes jusqu'à ce qu'Angela sombrât dans un profond sommeil. A la fin du premier été, l'enfant parlait un anglais presque parfait, et pleura lorsqu'il fallut quitter Martha. L'automne lui parut interminable, mais à Noël, dès la première nuit au manoir, ce fut elle qui monta rejoindre la bonne dans sa chambre mansardée. Elle se glissa sous les couvertures, au chaud contre la femme, et inventa l'histoire d'une orpheline qui rencontrait une sorcière ; celle-ci l'enfermait dans sa maison au fond des bois avec des projets malveillants, mais elle prenait peu à peu sa prisonnière en affection et lui apprenait toutes sortes de tours de magie.

Ainsi, pendant toute son enfance, Angela imagina pour Martha des dizaines de contes qu'elle modifiait au gré de ses humeurs. Bien des années plus tard, certains d'entre eux furent publiés.

L'île apparaît au loin, minuscule au milieu de la tempête. Angela est pressée de fouler cette terre malmenée par l'océan. Le capitaine la rejoint à la proue du bateau et lui tend sa fiole. Dans ce tumulte il est impossible d'échanger un mot. Elle prend une goulée d'alcool qui lui fait monter les larmes aux yeux. L'homme retourne dans sa cabine. Le port s'approche maintenant très vite. La lumière du soleil vibre sur les maisons multicolores.

Tout d'un coup, les sifflements du vent s'interrompent, les déferlantes qui se brisaient sur la coque un instant plus tôt se taisent. Le silence vient d'engloutir le monde. Cette silhouette... au bout de la jetée, là où la mer se fracasse et jaillit vers l'azur en myriades de gouttelettes... David. De là où elle est, avec les embruns et le tangage du bateau, elle ne peut distinguer son visage, mais elle reconnaît son attitude, bras croisés et tête légèrement inclinée. Il est là, flou dans ce miroitement brumeux. Il l'attend.

Elle rit. Après cinq jours d'engourdissement, son cœur se remet à battre et s'emballe. Tout va recommencer comme au premier jour. Non. Pas comme au premier jour. Elle l'aime encore plus. Elle en a le souffle coupé. Sans lui, elle n'est rien. Cela explique les interminables balbutiements, les quarante-six années d'égarements. Avant de rencontrer David, elle acceptait un destin sans amour – la solitude n'est pas pire qu'un semblant d'amour. Mais il lui a donné vie ; la lui reprendre est intolérable.

Pourquoi le bateau se dirige-t-il vers le port ? Il doit la déposer à l'extrémité du môle où David l'attend. Une vague vient se briser sur la digue et s'élance vers le ciel. David disparaît derrière le mur d'eau.

Dès qu'elle sera dans ses bras, tout s'effacera : la disparition, le manque et la douleur, les nuits sans dormir, le désespoir à Paris. Non... il faut se souvenir, c'est leur histoire. Il faut seulement oublier l'absence de confiance ; comment a-t-elle pu croire qu'il l'avait abandonnée ?

Le chalutier entre dans le port. Angela récupère son sac dans la cabine. Le bateau accoste. Elle descend et s'élance à sa rencontre.

La jetée est déserte.

On est dimanche. Les commerçants sont fermés. Les villageois sont en train de déjeuner. Un chien vient renifler Angela, puis s'éloigne avec indifférence.

Elle l'a vu. C'était lui, c'était David. Elle n'a pas rêvé...

La voiture est à l'endroit où elle l'a laissée trois jours auparavant. Elle prend les clés dans la boîte à gants et démarre.

La lande chatoie sous le soleil. L'océan d'un noir luisant laisse deviner des profondeurs abyssales. Elle roule dans l'intense lumière et se rappelle le jour où elle découvrit ce paysage.

Un inconnu conduisait en silence à ses côtés, elle n'avait aucune idée de l'endroit où il l'emmenait. Ce rendez-vous était absurde, et sa venue sur l'île l'était jusqu'à l'inconvenance. Mais elle n'éprouvait aucun embarras, aucune crainte. Elle avait échappé à la moiteur parisienne, à son anniversaire, au simulacre de son existence. Cela suffisait, la lassitude du voyage aidant, pour glisser dans l'abandon. Elle ne se sentait pas obligée de justifier sa présence, ni de paraître infaillible. Il pouvait penser d'elle ce qu'il voulait, c'était sans importance. Elle-même l'avait bien pris pour un fou lorsqu'il s'était planté devant elle dans la librairie parisienne. Il roulait, étonnamment calme et assuré. Elle avait alors compris qu'au premier regard, il avait su qu'elle lui appartiendrait, qu'elle lui appartenait déjà, qu'elle n'attendait que lui. Elle s'était rendue au désir de cet homme, à sa certitude, sans résistance, sans chercher à comprendre, elle qui, depuis toujours, planifiait, contrôlait, mesurait. Les choses avaient commencé aussi simplement que cela.

Il l'attend chez eux... Elle n'a pas pu se tromper tout à l'heure.

Elle doit retrouver l'état d'innocence de l'année dernière. Elle ne doit pas attendre d'explication cohérente. Elle doit se laisser faire, accepter que David décide pour elle comme il le fit depuis le premier jour.

Elle s'approche de la fenêtre de la chambre. L'abîme s'étend devant elle. Elle ferme les yeux. Il semble que David se tient derrière elle, qu'il va poser les mains sur ses épaules ; alors elle basculera la tête en arrière, calée dans le creux de son cou. La porte de la chambre claque. Angela sursaute. Elle ne se retourne pas. C'est un courant d'air.

Lundi 6 septembre 1999.

Il y a quelqu'un dans la maison. On marche dans le salon. Angela descend l'escalier. Elle n'a pas la force d'appeler David.

– Oh... oh ! Il y a quelqu'un ?

Angela découvre une jeune femme.

– Que faites-vous là ?

– Vous cherchez toujours quelqu'un pour le ménage ? J'habite à côté, alors je suis passée.

Ils avaient envisagé de prendre une femme de ménage. David a dû déposer une annonce chez l'épicier avant son départ.

– Je n'ai besoin de personne.

– Je sais m'occuper des jardins.

– Il n'y a pas de jardin.

– Justement, je peux vous en faire un. Je peux aussi faire les courses, si vous voulez. Et la cuisine. Je viens de rentrer sur l'île. Je n'ai pas de boulot. Peut-être que j'arrive trop tard. Enfin, si vous changez d'avis, on ne sait jamais, j'habite la maison rouge un peu plus loin, sur la route du phare.

La jeune femme ressort par la véranda. Une fois dans la lumière du soleil, elle se retourne.

– Je m'appelle Lucy.

Son sourire efface la dureté de son visage. C'est alors une petite bonne femme à l'air franc qui s'éloigne joyeusement.

Il est midi. Angela se balance sur le fauteuil à bascule et fixe l'horizon. Peu à peu, la brûlure du soleil s'étend sur le paysage. Tout se noie dans la lumière. Des étoiles noires papillonnent devant ses yeux. C'est un vertige. L'éblouissement engloutit la falaise, l'océan, le ciel.

Angela croit vraiment avoir aperçu David, hier, sur la jetée.

Elle s'installe à la table du salon et écrit une lettre à son père. Pour ne plus penser.

Papa,

Je voulais venir te voir pour ton anniversaire, mais un contretemps m'oblige à rester ici pour le moment.

Je ne t'ai jamais décrit l'endroit où je vis depuis un an. C'est une petite maison blanche plantée sur une falaise avec un toit d'ardoises et une varangue tournée vers l'océan. L'île est minuscule et compte quelques dizaines d'habitants. Un vendredi par mois, un médecin vient en hélicoptère d'une autre île, plus grande et plus civilisée, avec une cargaison de médicaments, essentiellement des antidépresseurs. La mer est hostile été comme hiver, et le vent y souffle trois cent soixante-cinq jours par an. Les arbres ne parviennent pas à pousser sur cette terre, il y a juste de la bruyère, des herbes folles, des chardons et de vastes étendues rocailleuses. Ici, les souvenirs prennent vie. Tu adorerais. Mais tu ne viendras pas.

A mon dernier appel, Martha m'a dit que le docteur Huston te trouvait en forme, mais que tu avais décidé de ne plus parler. Voilà donc ta dernière lubie ! A soixante-dix-sept ans... Tu n'étais déjà pas bien bavard. Ménage un peu Martha, elle n'est plus toute jeune, et sa vie n'est pas tellement drôle. Si tu ne lui adresses plus la parole, elle risque de s'en aller. Je te rappelle qu'elle n'a pas connu ta femme ; comment pourrait-elle comprendre la mélancolie qui te hante depuis trente-huit ans ? Il aurait fallu qu'elle sache à quel point maman t'adorait. Qu'elle était attachée à toi comme un chien à son maître. Que le reste du monde n'existait pas. Et même, cela aurait-il suffi ?

Ça doit être terrible de devoir faire le deuil d'une telle vénération.

Prends soin de toi, va faire un tour à Southampton de temps en temps pour acheter des livres, voir à quoi ressemblent les gens dans la rue, boire un thé dans un de ces charmants salons pour vieilles Anglaises.

Je t'embrasse tendrement.

ANGELA.

Elle part le long de la côte.

Souvenir de vacances à Rome : elle avait seize ans, c'était le printemps. Son père avait réservé une chambre dans un hôtel près de la piazza di Spagna.

Le premier jour, ils étaient sortis de bonne heure pour visiter les églises et se promener. Ils avaient déjeuné à la terrasse d'un restaurant. Son père s'amusait du spectacle de la rue. Angela n'avait pas souvenir de l'avoir déjà vu si insouciant. Ils avaient fait semblant de ne pas remarquer les jeunes gens qui souriaient à l'adolescente, mais elle avait perçu la fierté de son père, peut-être au moment où il avait mêlé ses doigts aux siens, ou bien lorsqu'il l'avait regardée d'une façon qui l'avait fait rougir. L'après-midi, il lui avait acheté des vêtements et ses premières chaussures à talons. Il paraissait infatigable. Dans les magasins, il bavardait avec les vendeuses pendant qu'Angela essayait des minijupes et des ensembles qu'elle ne porterait pas puisqu'elle revêtait toute l'année un uniforme de pensionnaire. Elle aurait voulu que cela dure toujours, elle et son père, main dans la main, complices et libres. Elle aurait voulu que la vie commence aujourd'hui, dans cette ville du Sud.

Ils étaient rentrés à l'hôtel le soir, les bras

chargés de paquets et les jambes courbatues. Après avoir pris une douche, Angela avait enfilé une robe rouge et une paire d'escarpins à boucles argentées. Elle était sortie de la salle de bains. Son père lui avait demandé de faire un tour sur elle-même. Il l'avait observée. Un long silence avait flotté entre le père et la fille. Puis il s'était approché si près qu'elle avait senti son souffle, et il lui avait caressé le visage. Angela avait eu un imperceptible mouvement de recul. Il s'était aussitôt écarté. « Retire cet élastique », avait-il ordonné. Angela n'avait pas bougé.

– Lâche tes cheveux.

– Non.

– A ton âge, il serait temps que tu t'arranges un peu. Quand on a la chance d'avoir des cheveux comme les tiens, on ne les attache pas en queue de cheval !

Elle était retournée dans la salle de bains en claquant la porte derrière elle. Face au miroir, elle avait libéré ses cheveux. Elle avait attrapé une mèche et l'avait coupée avec ses ciseaux à ongles. Elle avait continué jusqu'à s'être pratiquement rasé la tête. Elle avait ramassé les épaisses boucles jonchant le carrelage et les avait jetées dans les toilettes. Il avait fallu tirer la chasse d'eau plusieurs fois. Elle était restée un long moment assise sur le rebord de la baignoire. Puis elle avait remis sa jupe plissée bleu marine et son chemisier blanc, et avait regagné la chambre. Son père avait blêmi en découvrant son crâne de moineau déplumé. Il n'avait pas dit un mot. Mais avant de se coucher, il avait annoncé qu'ils rentreraient à Paris dès le lendemain matin.

Angela quitte la maison et longe la falaise d'un pas vif. Son père n'a jamais vu en elle que le reflet d'une morte. Et c'est elle qui culpabilise pour la tendresse qu'il n'a pas su lui donner ? pour un pardon qu'elle n'a pas accordé mais qu'il n'a même pas réclamé ? Elle ne croyait pas sa colère si vive. Il y a si longtemps qu'elle n'a plus pensé à tout cela.

En haut d'une butte apparaît la maison rouge. Angela n'avait pas l'intention d'aller si loin. Elle a dépassé la plage sans s'en rendre compte. Elle voulait marcher dans la tempête, sentir l'air glacial lui piquer le visage comme des milliers d'aiguilles pour oublier toute autre forme de douleur. Mais la brise est douce et le ciel dégagé.

Étendue sur une serviette, Lucy prend le soleil en petite culotte. Sous la lumière verticale, sa peau a des reflets bleutés. Les veines marbrent des seins énormes, incongrus sur son corps menu. Elle n'a pas l'air surprise de voir Angela.

– J'avais besoin de m'aérer. Sur le continent, le temps est si…

Lucy s'interrompt. D'étranges vocalises leur parviennent.

– C'est la femme du gardien du phare. Elle chante tous les jours. D'ici, vous devez l'entendre souvent ?

La jeune femme bronze, les yeux fermés, comme si elle avait soudainement oublié la présence d'Angela.

– Venez chez moi une fois par semaine, le jour qui vous convient.

– Lundi prochain, à une heure. Ça ne vous pose pas de problème si je vous appelle Angela ?

– Comment connaissez-vous mon prénom ?

– En tenant compte du décès récent de Madame Robinson, l'île compte soixante-douze habitants, pas un de moins, pas un de plus. L'année dernière, ils étaient encore quatre-vingts. Vous auriez dû les voir avant-hier à l'enterrement. Ils étaient tous là, dans leurs habits du dimanche, lèvres serrées et regards en coin, à jauger l'état des survivants et à se demander qui serait le prochain.

Angela n'a jamais vu des seins pareils, à la fois volumineux et fermes, dont la peau extrêmement fine renforce l'obscénité.

– Il ne fait pas si chaud, vous devriez vous habiller.

– C'est gentil de prendre soin de ma santé.

Lucy éclate de rire. C'est un des plus jolis rires qu'Angela ait jamais entendu.

Lundi 13 septembre 1999.

Depuis treize jours, les heures se succèdent sans cohérence. Elle s'assoupit à n'importe quel moment, n'importe où ; cela peut être la tête calée entre ses bras croisés sur la table de la cuisine, sur le fauteuil à bascule de la véranda, dans son bain... elle recoud le bouton de la veste de David... elle cuisine des mets délicats qu'elle goûte une semaine plus tard... elle change la lame de son rasoir... elle range dans un ordre différent ce qu'elle a rangé la veille.

Quelque part, David respire, rêve, parle et dort. Elle reste silencieuse. Elle a peur d'être happée par la fatigue et de sombrer dans un sommeil profond. David pourrait s'immiscer dans ses rêves, comme cela est déjà arrivé. Il s'était allongé près d'elle sur le lit. Sans la toucher. Si près. Sa respiration paisible. Son odeur. Au réveil, le souvenir de sa présence paraissait tellement réel qu'elle avait étouffé un cri.

Elle compose le numéro de téléphone de la ligne directe de Pierre-Alain à son bureau. Elle ne lui a pas parlé depuis plus d'un an. Une femme répond « Allô ».

– Est-ce que Maître D. est là, s'il vous plaît ?

– Non. Je peux prendre un message ?

– A quelle heure pourrai-je le trouver ?

– ... Mademoiselle Wilson !... C'est vous ?

– Oui.

– Bonjour. Comment allez-vous ? C'est Madeleine.

– Je ne vous avais pas reconnue, excusez-moi.

– Ça fait si longtemps... Maître D. est au Palais de justice. Où peut-il vous joindre ?

– Je rappellerai. Merci, Madeleine.

Après son départ, Pierre-Alain l'avait cherchée partout. Il avait rencontré Nada et Georges. Ni l'un ni l'autre n'avait parlé. Il s'était alors jeté dans une correspondance pressante dont Angela ne l'aurait pas cru capable.

Les lettres réexpédiées par Nada arrivaient au rythme de deux ou trois par semaine. Cela avait duré jusqu'au printemps.

Angela aurait dû lui écrire qu'elle avait quitté la France et qu'elle ne reviendrait pas. Mais elle n'avait jamais répondu. D'ailleurs, c'était lui qui était marié et qui avait un fils de dix-sept ans, c'était lui qui se glissait hors du lit à minuit. Dans une lettre, il disait qu'il allait divorcer. Cependant, même sans sa rencontre avec David, Angela n'était pas sûre qu'elle aurait aimé vivre avec lui, se réveiller avec lui, partager la même salle de bains, l'écouter chaque soir parler de son travail, jouer à la belle-mère avec un adolescent dont l'unique objectif était d'intégrer l'E.N.A. Pas sûre du tout.

Elle lui a téléphoné dans un moment d'égarement, sans doute à cause de cette envie de rentrer à Paris qui chemine depuis quelques jours. Madeleine lui fera part de son coup de fil. Tant pis. Sa secrétaire l'accompagne depuis toujours, elle est au courant de tout et ne trahit aucun secret. Rien n'arrivera à Pierre-Alain tant qu'elle sera là.

– Salut !

Angela sursaute et casse un verre.

Elle avait oublié Lucy.

– Ah... oui, il est une heure.

– La maison est à moi pendant un moment. Vous devriez faire un tour dehors, il fait bon aujourd'hui.

Angela s'installe sous la véranda. Son regard flotte dans le vague. Elle entend parfois un bruit, de la vaisselle qui s'entrechoque, l'aspirateur, une fenêtre qu'on ouvre ou qu'on ferme. Puis elle s'assoupit.

Il est quatre heures lorsque Lucy la rejoint.

– J'ai laissé sur la table de la cuisine la liste de produits dont j'ai besoin. La semaine prochaine, je ferai la maison plus à fond.

– Merci. Combien je vous dois ?

– On verra ça plus tard. La maison n'a pas tellement changé.

– Pardon ?

– Avant, il y avait des rideaux aux fenêtres, davantage de désordre, et un piano, mais c'est à peu près tout.

– Vous êtes déjà venue ici ?

– Oui.

– Qui habitait là ?

– Un type, tout seul. Gentil sous ses airs bourrus. Un drôle de bonhomme.

– ...

– Quand j'arrivais, il s'installait sur le canapé qui se trouvait dans le coin, et il fumait un cigare en lisant le journal. Je crois bien qu'il m'observait. Mais ça ne me dérangeait pas. David ne fume que des cigarettes.

– L'avez-vous entendu jouer du piano ?

– Non. C'est drôle, en général, quand un homme me plaît, je n'hésite pas à prendre les devants, mais, avec lui, je n'ai jamais osé, et lui n'a jamais rien tenté. Vous savez, j'ai pas mal de succès auprès des hommes. Je ne suis pas jolie, mais ils ne résistent pas à mes seins. Imaginez : cent de tour de poitrine pour un mètre cinquante-cinq, ils doivent considérer ça comme un rapport qualité-prix exceptionnel. Ils disent tous que ce qui est petit est mignon, tu parles ! Ce n'est sûrement pas ce que j'ai de plus petit qui les met dans des états pareils. D'ailleurs, aucun ne s'attarde jamais sur mes chevilles ni sur mes poignets délicats. Non. Ils passent leur temps à tripoter ces deux mamelles que je trouve moches. Mais je ne les fais pas réduire parce que j'adore tout ce qu'on leur fait.

– ... Il a habité là longtemps ?

– Qui ? Ah, votre prédécesseur... Un an à peu près. Il est parti un beau jour, et on n'a plus jamais entendu parler de lui. Quelques mois plus tard, je crois, votre ami a repris la maison. Mais lui, je ne l'ai pas connu, parce qu'à ce moment-là j'étais sur le continent. Bon, il faut que j'y aille. A lundi prochain.

Angela regarde Lucy s'éloigner. Sa démarche est énergique. Ses longs cheveux blonds flottent au vent. On dirait qu'elle danse.

Lundi 20 septembre 1999.

Angela est allée au village de très bonne heure pour acheter tout ce qui figurait sur la liste de Lucy : peau de chamois, chiffons, éponges grattantes, liquide vaisselle, eau de Javel, assouplissant pour le linge, cire d'abeille, sucre en poudre, farine, beurre, œufs, rhum, bananes. Au moment où elle rentrait, le facteur apportait deux colis. L'un, expédié par Georges, doit contenir le courrier de ses lecteurs. L'autre est envoyé par Nada. Elle ne les ouvre pas. Elle attend Lucy.

La jeune femme apparaît enfin. Angela file à la cuisine faire chauffer de l'eau. La bouilloire commence à siffler. Angela entend des pas sur le plancher de la véranda, la porte du salon qui claque, puis la voix de Lucy :

– Bonjour ! c'est moi.

– Je faisais du café. Asseyez-vous un instant avec moi.

Elles s'asseyent côte à côte sur les marches de la véranda.

– On sent déjà venir l'hiver. Moi, j'étais faite pour vivre sous les tropiques.

– Sucre ?

– Une goutte de whisky, plutôt. Vous avez une bouteille à la cuisine, je vais la chercher.

Lucy revient et verse une larme de café dans son whisky.

– Comment s'appelait cet homme dont vous m'avez parlé la semaine dernière ?

– Paul Duroi. Il était français, comme vous.

– A quoi ressemblait-il ?

– Brun, grand, rien de particulier si ce n'est une tristesse dans son regard qui me chavirait, et de grandes mains... Ça ne va pas, Angela ? Vous êtes pâle... Tenez, buvez un peu de whisky. Oui... voilà... Respirez. Ça passe ? Allez, encore une gorgée. Vous vous sentez mieux ? Rentrez vous reposer. Je vous apporte une couverture.

– Merci, Lucy. Je n'ai pas froid.

– J'ai cru que vous alliez vous évanouir.

– Ce n'est rien, c'est déjà passé. Racontez-moi plutôt ce que vous faisiez sur le continent.

– Pas grand-chose. J'avais surtout envie de quitter cette saleté d'île, de voir autre chose, d'autres têtes. Mais personne ne m'attendait vraiment. J'ai enchaîné les petits boulots, serveuse, baby-sitter, caissière d'un cinéma porno. Ça, ce n'était pas le plus fatigant, mais les types, au lieu d'entrer dans la salle, s'attardaient à la caisse, les yeux accrochés à mes seins ; certains me disaient des cochonneries. Moi je m'en fichais, mais ça créait des embouteillages et j'ai fini par me faire virer ; du reste, je n'allais pas continuer ça toute ma vie.

– Et maintenant ?

– Aucune idée. Mes vieux sont ici, et ils ne vont pas fort, surtout ma mère. Je n'ai rien à leur dire, mais ce sont mes parents. Ça me fiche un cafard à crever chaque fois que je les vois. Vous venez de Paris ?... ça doit être quelque chose, Paris...

– Si on veut...

– Vous avez l'air d'aller mieux, maintenant. J'attaque le ménage. Si ça recommence, vous m'appelez.

Lucy entre dans la maison.

Angela ferme les yeux. Grand... brun... le regard triste... les mains... Et si Paul Duroi était David ? Non ; c'est absurde. D'ailleurs les hommes séduisants ne sont-ils pas tous grands et bruns ? n'ont-ils pas tous une expression étrangement mélancolique ? et alors ne trouve-t-on pas à leurs mains toutes les grâces ?

Lucy s'active dans la maison. Angela l'observe par la fenêtre. La jeune femme s'est déchaussée. Ses orteils écartés évoquent les pattes des salamandres capables de s'adapter à n'importe quel terrain, à n'importe quelle situation. Elle traverse le salon en entortillant d'un geste vif ses cheveux autour de ses doigts pour les nouer en chignon. Ses seins semblent l'attirer en avant et la contraindre à un perpétuel mouvement. Elle court d'une pièce à l'autre, infatigable et efficace. Son regard croise celui d'Angela à travers la vitre et s'éclaire aussitôt d'une lueur joyeuse.

Angela se baigne rarement. Au nord, les galets, aspirés par les courants puissants, roulent et se dérobent sous les pieds, certains venant heurter les jambes. Franchir la barre de rouleaux est périlleux. La longue plage de sable fin de la côte sud paraît plus engageante, mais il suffit de tremper les pieds dans l'eau pour décourager les plus vaillants. Aujourd'hui pourtant, elle a traversé l'île pour aller nager. La mer est calme. Angela se déshabille et plonge. Le froid lui coupe le souffle. Elle reprend sa respiration et se met à crawler vers le large. Cela fait du bien. Elle enchaîne les mouvements avec régularité. Le sang circule intensément, des picotements s'emparent de ses membres, elle est en vie. Elle sait que si un muscle se tétanise, c'est fini. Mais à cet instant, la seule chose qui compte, c'est d'oublier David et ces lancinantes questions qui lui font douter de sa raison : où est-il ? pourquoi l'a-t-il quittée ? que cachent ses silences ? pour quelle raison refusait-il de se baigner avec elle ? et la plus terrifiante, celle qui l'obsède chaque jour davantage : a-t-il existé ? N'a-t-elle pas inventé son visage, son amour ? n'a-t-elle pas confondu rêve et réalité à force de déceptions et d'histoires sans grandeur ?

Angela se retourne. Elle s'est trop éloignée et s'est laissée surprendre par le calme apparent de la mer. La houle est plus forte qu'il n'y paraissait. Ses bras et ses jambes fouettent l'océan sans la faire avancer. Elle se débat dans l'eau glaciale, elle s'asphyxie. Les courants l'entraînent vers le large. De la crête des vagues, elle aperçoit fugitivement le phare de la pointe ouest qui chancelle. Dans les creux, l'île disparaît tout à fait. Elle se sent happée par un monde éblouissant et mouvant. Son corps est totalement gourd, elle n'a plus froid, plus mal. L'angoisse est si vaste qu'Angela ne sait plus où elle se trouve, ni même qui elle est. Il lui semble pourtant qu'elle tente de regagner le rivage.

NOVEMBRE

Dimanche 14 novembre 1999.

Deux mois et demi se sont écoulés depuis le départ de David. On est passé de l'été à la pénombre. A présent, une lumière grise baigne l'île quatre heures par jour. Le reste du temps, c'est la nuit. Angela a appris à distinguer les différentes nuances de l'obscurité. Jamais sa vue n'a atteint une telle acuité.

L'idée du roman surgit comme une évidence.

A vingt-trois ans, un doctorat de lettres et une maîtrise de philosophie en poche, Angela envisageait son avenir avec perplexité lorsqu'on lui proposa un emploi de correctrice dans une maison d'édition. Elle lisait chez elle les manuscrits de jeunes écrivains, trouvait les faiblesses de style ou les défauts de structure, et n'avait en général aucun mal à convaincre les auteurs de la nécessité des corrections. Elle éprouvait une réelle satisfaction à améliorer tout ce qui pouvait l'être, et les auteurs appréciaient sa rigueur et son enthousiasme.

Georges, alors directeur littéraire, avait repéré le travail d'Angela. La première fois qu'ils s'étaient rencontrés, il avait explosé de rire en la voyant franchir le seuil de son bureau. Bras croisés derrière la tête, il se balançait sur deux pieds de son fauteuil. Angela avait cru qu'il allait basculer en arrière et se fracasser le crâne sur la bibliothèque.

– Puis-je savoir ce qui vous amuse tellement, monsieur ?

– Appelez-moi Georges. En lisant vos corrections, tellement consciencieuses, tellement pointilleuses, j'imaginais une vieille fille au chignon grisonnant... et c'est un Botticelli qui entre ici.

– Eh bien, moi, en lisant les textes que vous

sélectionnez, je vous imaginais exactement tel que vous êtes.

– Parfait ! Mademoiselle Wilson, je sens que nous allons nous entendre.

Leur amitié fut une initiative d'Angela à laquelle Georges se rallia après avoir mollement tenté de la séduire. Il était capable de terribles colères et comptait, dans la profession, quelques ennemis d'envergure, mais l'indétermination régnait dans sa vie personnelle. Or Angela n'était attirée que par des hommes dont elle devenait l'obsession principale, même si celle-ci devait se révéler éphémère. Georges, lui, n'avait d'obsessions que littéraires.

Quand il fut nommé patron de la maison, il confia à Angela la direction d'une collection.

Lorsqu'elle dénichait un bon texte, elle manifestait la même ardeur qu'à ses débuts, la même exigence aussi.

A trente-deux ans, elle avait acquis une solide réputation d'éditrice et pouvait même s'enorgueillir d'avoir découvert quelques écrivains. A part cela, elle n'avait rien vécu.

Le samedi, elle se levait à six heures du

matin, prenait sa douche, allait chercher des croissants à la boulangerie et rentrait préparer un chocolat chaud. A huit heures, Anna arrivait. Elle fonçait se glisser dans le lit d'Angela où l'attendait son petit déjeuner. Angela lui racontait les histoires qu'elle avait imaginées pendant la semaine, souvent en marchant jusqu'à son bureau, parfois au milieu d'un déjeuner ennuyeux. Nada venait les rejoindre en fin de matinée, et elles passaient le reste de la journée ensemble.

Le soir des quatre ans d'Anna, Angela prépara le menu favori de l'enfant, coquillettes au fromage et apple pie, selon la recette de Martha, sur lequel elle planta les bougies. C'était l'hiver, elles dînèrent toutes les trois devant un feu de cheminée. Ensuite, Angela sortit un carnet. Elle y avait écrit un conte qu'elle avait illustré de plusieurs aquarelles. Assise sur le canapé entre les deux femmes, la fillette écouta l'histoire de *La Petite Inuit qui rêvait de voir la pluie*, la tête calée contre le flanc d'Angela pour mieux voir les dessins. Puis Angela offrit le petit livre à Anna. Celle-ci se leva, l'embrassa, puis en silence elle prit la main de sa mère pour rentrer de l'autre côté de la cour.

A cet instant, Angela était loin d'imaginer que ce récit allait devenir un album traduit dans plusieurs langues, ni qu'elle en publierait treize autres.

Sur l'île, elle n'a rien écrit. Parfois elle trouvait une idée, mais chaque fois elle y renonçait avant d'avoir commencé. Depuis le départ de David, elle a même cessé de peindre.

L'idée du roman est partie d'une image : un immense chêne qui étend son ombre sur une maison isolée où vit une femme, et dans l'arbre, tapi au cœur de son feuillage à plusieurs mètres du sol, un homme qui l'observe. Angela n'a qu'à fermer les yeux pour suivre la femme qui va et vient d'une pièce à l'autre, du rez-de-chaussée à l'étage. La vision s'impose avec persistance. Elle ne comprend pas d'où viennent ces deux personnages, cette femme et ce désaxé. Elle sait seulement qu'elle va raconter leur histoire.

Lundi 15 novembre 1999.

Angela revient du village où elle a acheté des cahiers – elle ne se servira pas de l'ordinateur pour écrire son roman –, une doudoune, un bonnet, quelques pulls, tee-shirts et pantalons. Elle ne veut plus porter les vêtements de David.

Elle ouvre l'armoire de la chambre, glisse la main sous une pile de chemises pour libérer l'étagère et y poser ses affaires. Quelque chose tombe bruyamment à ses pieds. Elle ramasse les feuilles étalées par terre. Les noires et les blanches, les doubles et triples croches s'alignent sur une vingtaine de pages, noircies par endroits de ratures acharnées. Au début de la partition musicale, elle lit : « Pour Angela ».

Il y avait le clavier gravé dans le bois de la table du salon, et celui dessiné sur le rouleau de papier, mais pas une fois elle n'a surpris David en train d'écrire la moindre note, et jamais il n'a parlé de cette partition.

Elle remet les feuilles en ordre et les range dans le tiroir de la table de nuit.

Elle ne sait pas lire la musique.

C'est l'heure grise, le moment où la pâleur du jour interrompt la nuit. L'île s'enfonce dans l'hiver. Même l'océan a perdu ses derniers reflets bleutés. Angela pourrait prendre la voiture et longer la côte sauvage, traverser la mer et rentrer à Paris où quelqu'un l'attend peut-être encore. Mais elle se laisse envahir par l'immobilité. Rester là. C'est tout. Il n'est plus utile de bouger. Il suffit d'être sur la véranda sans se soucier du froid qui engourdit, et se laisser pénétrer par le souvenir de David. Puis fermer les yeux pour le garder prisonnier.

Elle n'entend pas Lucy. Son regard ne cille pas davantage que la ligne d'horizon, si imperceptible soit-elle. Enfin, elle perçoit sa présence.

– Pardon, vous me parliez ?

– Est-ce que je peux vous emprunter quelques disques ? Ce soir, j'ai rendez-vous avec le facteur.

Au fil des semaines, Angela s'est habituée à sa présence.

– Vous passez la soirée avec lui ?

– Oui.

Angela imagine Lucy avec le jeune homme bègue qui rougit pour un rien ; ou plutôt, non : elle ne l'imagine pas du tout.

– Je ne déteste pas les hommes silencieux.

– Ça tombe bien, Lucy.

Les deux femmes échangent un regard, et explosent de rire.

– C'est le seul célibataire de toute cette saleté d'île. Je m'interdis les hommes mariés ; ici, tout se sait avant même que vous ayez levé le petit doigt.

Angela avait une prédilection pour les maris volages ; rien que le mot lui plaisait : volage...

il évoquait l'insouciance, la liberté. Ces hommes étaient attentionnés et légers parce qu'Angela ne menaçait pas leur mariage. Le respect qu'ils éprouvaient pour leur femme ne les protégeait cependant pas de l'ennui. Avec Angela, la lassitude était impossible : dès qu'un amant s'installait dans la routine ou devenait possessif, elle s'en détachait. Elle aimait vivre sans personne à qui rester fidèle, sans personne pour surprendre les impudeurs du temps qui passe. Jusqu'à sa rencontre avec David.

– Quel âge avez-vous, Lucy ?

– Vingt-trois ans.

A peine plus qu'Anna. Angela repense au jour de son départ aux États-Unis, l'année dernière, quelques mois avant qu'elle-même quitte Paris.

Anna avait obtenu une bourse à Harvard et embarquait pour Boston. Après avoir franchi la douane, elle s'était retournée vers Nada et Angela, immobiles de l'autre côté de la vitre. Elle avait sorti de son sac un petit carnet jauni qu'elle avait brandi au-dessus de sa tête. Elle paraissait si fine, si jeune. Angela avait eu l'impression qu'elle venait tout juste de lui donner *La Petite Inuit qui rêvait de voir la pluie*. C'était pourtant une jeune fille de dix-sept ans qui leur avait souri avant d'être avalée par la foule des voyageurs.

Depuis, pas un jour ne passe sans qu'Angela ne pense à elle.

Elle la revoit à la maternité, bébé au joli crâne rond. Elle la revoit fillette, sautant à la corde dans la cour séparant l'immeuble de sa maison. Elle la revoit, un peu plus grande, en train d'écouter les histoires d'Angela, yeux fermés, sourire aux lèvres, suggérant parfois une modification. Elle la revoit adolescente, dans son atelier, installée sur un coin du bureau pour faire ses dissertations pendant qu'Angela travaillait. Elle se souvient des conseils qu'elle lui demandait, sur un devoir, sur les garçons, sur la façon de s'habiller, sur son envie de partir aux États-Unis, sur ses hésitations à laisser seule sa mère.

Lundi 22 novembre 1999.

– Bonjour ! Qu'est-ce que vous écrivez ?

– Oh... rien. Le gâteau à la banane était encore meilleur que la dernière fois, Lucy.

– Aujourd'hui, je vous en fais un au citron. Vous allez vous régaler. Tenez, le facteur m'a remis cette lettre. Ça lui évitait de venir jusqu'ici.

Angela prend l'enveloppe.

– Il fait un de ces froids. Vous pourrez me raccompagner chez moi, tout à l'heure ?

– ...

– Qu'est-ce qui se passe... ? Une mauvaise nouvelle ?

Angela se lève, ouvre la porte de la véranda et part dans le vent glacial. Lucy la rattrape dehors.

– Attendez ! Mettez au moins votre doudoune et votre bonnet.

Angela enfile machinalement les vêtements. Elle marche jusqu'à la plage en serrant contre elle l'enveloppe.

Elle acceptait tout ce que David proposait ; toujours. Il s'en agaçait parfois. Mais sa présence lui était aussi nécessaire que l'air qu'elle respirait. Alors, oui, elle voulait bien aller contempler le coucher du soleil, ou marcher jusqu'au phare, ou se rendre au village, ou faire le tour de l'île sur un bateau de pêche dans la tempête, ou partir sur la lune s'il en avait envie. Elle ne le lui avait jamais dit. Elle comprenait combien ce désir de partager chaque instant était absurde. Mais tant que cela durait, elle souhaitait ne rien perdre, pas un sourire, pas une caresse, pas un mot.

Un jour, elle était encore collégienne, son père avait dit : « Comment font les gens pour refaire leur vie, pour accomplir avec un autre ce qu'ils ont déjà fait ? Lorsqu'on a aimé une fois, comment fait-on après ? » Quelle était la réponse ?

L'océan est déchaîné et le vacarme assourdissant. Angela se blottit au pied de la falaise, dans une anfractuosité à l'abri du vent. Elle respire profondément en regardant la mer. Elle ouvre l'enveloppe.

Baie des Petites-Cayes
Saint-Martin, Antilles françaises
19h07

Un cri se perd dans le fracas des lames qui s'échouent à quelques mètres d'elle. Angela explose de bonheur.

David ne l'a pas abandonnée. Il ne l'a pas oubliée.

Elle va le revoir... quand ? Le mot ne le précise pas. Un ticket de train et un billet d'avion pour Paris sont datés du 26 novembre, et un deuxième billet d'avion, à destination de Saint-Martin, est daté du 27 novembre.

Elle part dans quatre jours.

Elle retourne à la maison ou, plutôt, elle vole, portée par le vent. Personne ne peut entendre son rire qui se confond avec le noroît.

Lorsqu'elle arrive, Lucy s'active dans la cuisine. Angela monte et s'enferme dans la chambre. Elle revit. Dans cinq jours, elle va retrouver David. Cette fois-ci, il sera là.

Vendredi 26 novembre 1999.

Il est huit heures du matin. Il fait nuit. Le jour se lèvera à peine, bien plus tard. Angela embarque sur le chalutier pour sa quatrième traversée. Elle s'assoit dans la cabine. Le bateau s'éloigne aussitôt du quai. La lueur du tableau de bord dessine de drôles d'ombres sur le visage du capitaine. Pour éviter les récifs perdus dans les ténèbres, ils gagnent le large et suivent, vers le sud, un chemin parallèle à la côte. Les lumières du port s'estompent rapidement. Les éclats intermittents du phare balaient la nuit, mais le faisceau lumineux faiblit à vue d'œil. Angela aperçoit encore quelques maisons éclairées, puis, presque tout d'un coup, l'obscurité absorbe l'île. Ils ont rejoint la pleine mer.

La respiration de l'homme se mêle au ronronnement du moteur. La coque du chalutier chuinte en fendant les vagues à intervalles réguliers. Angela, bercée par la houle à laquelle son corps n'offre aucune résistance, perd la notion du temps et de l'espace. Le ciel et les flots sont d'une même profondeur que rien, à part des milliers d'étoiles, ne semble pouvoir percer. Elle se sent dérisoire au milieu de cette immensité. C'est délicieux. Si ce n'était pour rejoindre David, elle resterait bien ainsi, à parcourir les océans. Elle apprendrait à deviner le frémissement phosphorescent du plancton, à distinguer le nord du sud. Elle se laisserait glisser sans peur, sans douleur, vers un oubli tranquille.

Au moment où le ciel pâlit, Angela sort de l'engourdissement et comprend qu'elle ne retrouvera pas David. Derrière ces messages laconiques « *Vendredi prochain, 18 avenue du Président-Kennedy, Paris, 17h05* » et « *Baie des Petites-Cayes, Saint-Martin, Antilles françaises, 19h07* », se cache une énigme. Sinon, pourquoi lui aurait-il donné rendez-vous à 19h07 plutôt qu'à dix-neuf heures ? et la dernière fois, à 17h05 ? Mais elle ne sait comment assembler ces lieux et ces chiffres. L'enveloppe ne livre aucun indice. Le tampon de la poste est illisible.

Le capitaine allume une cigarette et lui tend le paquet qu'elle refuse.

– Je ne savais pas que vous fumiez.

– Dix ans que j'avais arrêté !

Ils n'échangeront pas un mot de plus. L'incandescence de la cigarette s'intensifie à chaque inhalation et brille dans la pénombre. L'odeur de la Marlboro réveille brutalement le désir de David. Elle aimait plonger le visage dans ses mains pour y respirer le parfum du tabac mêlé à celui de sa peau.

Un soleil oblique glace l'océan. Angela aperçoit la côte dans le lointain. D'abord, c'est juste une ligne grise posée sur l'horizon. Puis, peu à peu, on distingue une falaise, une maison, un bosquet, un troupeau de moutons et, enfin, la petite ville portuaire.

Samedi 27 novembre 1999.

Trois heures de l'après-midi, heure locale. A la descente de l'avion, l'air brûlant coupe le souffle. Juste avant l'atterrissage, le commandant de bord a annoncé trente degrés. Les rares fois où Angela avait quitté Paris, c'était pour rejoindre des îles tropicales avec un amant. Aujourd'hui, elle a un souvenir flou des hommes, mais elle retrouve avec une précision charnelle cette chaleur enveloppante.

Le taxi, un ancien modèle américain aux sièges défoncés, traverse Saint-Martin. L'île est pauvre et assez peu luxuriante. Au milieu de champs d'herbes roussies laissés à l'abandon, s'élèvent quelques arbres au feuillage charnu.

Des bicoques colorées aux toits de tôle ondulée bordent la route presque sans discontinuité. De grosses femmes coiffées de bigoudis marchent nonchalamment le long de la chaussée. Les hommes fument, assis devant leur porte.

La route grimpe en haut d'une colline à travers une végétation plus foisonnante, puis redescend jusqu'à la mer et s'arrête devant l'hôtel où Angela a fait une réservation.

La chambre blanche au sol carrelé procure une immédiate impression de fraîcheur. Elle jette son sac de voyage sur le lit et ouvre la porte-fenêtre.

Le concierge de l'hôtel la renseigne. En marchant quelques minutes vers la pointe nord, elle rejoindra la baie des Petites-Cayes.

En léger surplomb, le sentier rocailleux longe une mer lisse sur laquelle se reflète la lumière ambrée de fin d'après-midi. Angela a perdu l'habitude d'une telle douceur. Un peu plus loin, le chemin quitte la côte. Elle s'enfonce à travers les broussailles, passe entre les arbustes en évitant les branches couvertes d'épines et de fleurs sauvages. Soudain, elle découvre une immense plage. C'est la baie des Petites-Cayes. Bordé de sable blanc, l'océan est d'un vert jade translucide. Angela est très en avance. Le rendez-vous est à dix-neuf heures sept.

Elle se baigne dans l'eau tiède jusqu'au déclin du soleil.

Elle s'allonge sur le sable.

Elle veut se souvenir longtemps de cette quiétude, de cette indolence tropicale. Elle ferme les yeux.

La fraîcheur de l'air la réveille. La nuit est tombée. Elle regarde sa montre : huit heures moins cinq. Le rendez-vous est sans doute pour demain. David n'en a pas précisé la date.

Elle dîne dans le restaurant de l'hôtel aux trois quarts vide. Elle écrit plusieurs pages de son roman.

La traversée du silence

Elle ouvre en grand la baie vitrée. Un monde insoupçonné d'oiseaux envahit la chambre. Certains ont un chant mélodieux, d'autres émettent des cris stridents, d'autres encore semblent rire aux éclats.

Dimanche 28 novembre 1999.

Elle prend son petit déjeuner sur sa terrasse. Les colibris viennent tremper leur bec dans les petits pots de confiture en lui jetant de furtifs coups d'œil.

Elle passe la matinée sur la plage de l'hôtel, à l'ombre d'un palmier. Elle écrit. C'est à peine si elle remarque la présence des vacanciers, éparpillés à plusieurs dizaines de mètres les uns des autres.

Vers une heure, elle termine un cahier. Elle se lève pour en chercher un autre. D'ailleurs, elle commence à avoir faim. Elle traverse le jardin. Des hibiscus, des bougainvilliers et une multitude de plantes tropicales s'entremêlent dans un heureux fouillis. Près d'un massif de fleurs rouges, une vieille métisse courbée en deux tente d'entretenir les vestiges du parc où règne une impression d'abandon.

– Madame... Madame !

Angela se retourne. Une femme en maillot de bain, paréo noué à la taille et bracelets en or qui s'entrechoquent bruyamment, court à sa rencontre.

– Excusez-moi, vous êtes bien Angela Wilson ?

Angela se fige. David n'a pas pu lui envoyer pareille messagère.

– Oui...

– Ouf ! je suis tout essoufflée, excusez-moi. De loin, nous n'étions pas sûrs, c'est mon fils qui vous a reconnue. Quand il était petit, le premier livre qu'il a lu seul, c'était *La Petite Inuit qui rêvait de voir la pluie*. Il est là-bas, vous voyez ? Le garçon avec la jeune fille blonde ; c'est sa fiancée... Mon Dieu ! comme le temps passe.

– ...

– Vous êtes à l'hôtel ?

– Oui, enfin je rentre demain.

– Dînez avec nous ce soir, ça nous ferait tellement plaisir.

– Je ne peux pas. Excusez-moi.

Angela s'enferme dans sa chambre. Elle n'a plus faim. Plus envie de rien. Plus rien à faire ici.

Elle téléphone à Nada.

Elle voudrait tout lui raconter : sa passion pour David, la peur de le perdre alors qu'il ne cessait de lui donner la preuve de ses sentiments, et la disparition qui confirmait brutalement son intuition ; le rendez-vous manqué à Paris ; l'angoisse, la colère, l'attente, le désespoir ; et aussi, ce désir absurde auquel elle ne peut se soustraire de s'enfermer dans le souvenir de leur amour. Elle lui appartient, même dans la séparation elle ne peut lui échapper. Mais tout cela paraît insensé. Elle-même n'y comprend rien. Elle a côtoyé des hommes de pouvoir, des hommes cultivés maîtrisant l'art de la rhétorique, ou d'autres qui excellaient dans la dérision. D'une certaine façon, elle les a aimés. Mais ils étaient tous prévisibles. David, lui, échappait à tout ce qu'elle connaissait ; il restait un mystère.

Elle parle de Saint-Martin comme si elle était là en touriste. La voix de Nada l'apaise un peu. Elle raccroche sans avoir évoqué son prochain passage à Paris. Elle ne veut pas décevoir son amie.

Téléphoner à Georges est simple. « Bonjour, comment ça va ? Très bien. Parfait. » Il ne devine rien, ou fait comme si. Les états d'âme l'ont toujours agacé.

Le taxi l'emmène en voiture à la baie des Petites-Cayes. Il est sept heures du soir. Elle attend sur la plage.

Quinze minutes plus tard, elle remonte dans le taxi qui la conduit à l'aéroport.

Sa réservation de retour est pour demain. Au comptoir d'Air France, on lui indique que le seul vol à partir ce soir est celui de Bruxelles. Angela modifie son billet. Installée dans le salon d'attente, elle lit un journal français vieux de trois jours. Assis un peu plus loin, un couple s'insulte. La femme a les yeux rouges, l'homme semble prêt à frapper. Ils ont l'air épuisés, malgré le bronzage. La dispute doit durer depuis longtemps. On annonce l'embarquement du vol d'Angela dans le haut-parleur. Elle ramasse ses affaires et se lève. Le couple est parti. Au moment d'embarquer, elle les aperçoit, immobiles au cœur de la cohue. Ils s'embrassent, indifférents aux coups d'épaules et de bagages qui les ébranlent sans rompre leur étreinte. Angela s'immobilise. Elle les regarde. Elle les envie. Pour détourner les yeux, elle sort de son sac sa carte d'accès à bord. Lorsqu'elle redresse la tête, ils ont disparu.

Lundi 29 novembre 1999.

Une pluie froide tombe sur Paris.

Angela a quitté sa maison quinze mois plus tôt. Il semble pourtant qu'elle n'est jamais partie. Le fouillis de son atelier est intact. Les vitres sont propres. L'édredon est posé sur le lit. Une odeur d'ammoniaque flotte dans la cuisine et dans la salle de bains. Nada a dû appeler la femme de ménage aussitôt après le coup de téléphone qu'Angela a passé de Roissy.

Mais c'est comme si elle s'immisçait chez une étrangère. Elle regarde avec curiosité les meubles et les tapis anciens juxtaposés dans un faux désordre, les profonds canapés en velours et les coussins qui s'y accumulent, les lampes et les objets de diverses époques associés avec sûreté, les dessins qui envahissent les murs.

Au milieu des livres de la bibliothèque, Angela retrouve le portrait en noir et blanc d'une jeune fille aux épais cheveux bruns, aux yeux brillants et au sourire doux. Elle le regarde longtemps, comme si elle attendait une réponse, comme si le visage de sa mère enfermé dans son cadre d'argent pouvait encore révéler son secret. Mais il n'y a pas de secret. Il y a juste l'image d'une Italienne de seize ans qui ignore que son bonheur s'achèvera bien trop tôt.

Ce vieux cliché est la seule chose qu'Angela possède de sa mère.

Le lendemain matin de l'accident, son père avait détruit tout ce qui lui rappelait sa femme. Il avait entassé dans le jardin devant la maison les robes, les foulards, les sous-vêtements, les bas, les chapeaux, les chaussures, mais aussi les albums de photos, les valises couvertes d'autocollants dont sa mère faisait collection et les cartes postales envoyées à l'enfant d'Europe et du Maroc, les piles de magazines féminins qu'elle feuilletait à longueur de journée en attendant le retour de son homme, assise près de la fenêtre, les recettes de cuisine soigneusement rangées dans une boîte en métal mais jamais consultées, le dictionnaire français-italien, sa brosse à cheveux, la petite bouteille d'extrait de tubéreuse dont elle mettait parfois une goutte derrière l'oreille de sa fille, son collier de perles qui révélait l'éclat de son regard, et les draps du lit conjugal.

L'odeur de brûlé et les crépitements du brasier avaient réveillé la fillette. A travers les flammes, elle avait aperçu son père, vibrant dans la chaleur comme un mirage, le visage livide, soudainement vieilli. Elle l'avait vu enlever son alliance et la jeter au feu. Puis il était resté immobile et halluciné jusqu'à l'extinction de la dernière braise.

Pendant ce temps, Angela était montée dans la chambre de ses parents. Le matelas était nu. Les oreillers avaient disparu. Il n'y avait sur la coiffeuse que les éclats du miroir brisé. Mais coincée entre deux tiroirs vides de la commode, Angela avait trouvé la photo.

Ensuite, pendant plusieurs jours, la fillette n'avait plus mangé, plus parlé.

Rien ne fut laissé en mémoire de sa mère,

rien n'échappa à la destruction hormis la photo qu'Angela cacha dans un livre de contes d'Andersen. Son père s'était approprié le souvenir de sa femme. Elle n'existait qu'en lui, il ne la partageait avec personne. Elle était avec lui et lui seul, pour l'éternité.

Angela n'envisage pas un retour sur l'île, mais cette maison ne lui correspond plus.

Elle veut du vide, de la lumière, de l'espace.

Il faut déménager, quitter cette ville et ses crépuscules ambrés baignant la place de la Concorde, ses larges avenues bordées de marronniers, ses matins brumeux du printemps et ses soirs gris d'hiver, le soleil couchant sur le Trocadéro, la coupole dorée des Invalides se découpant sur un ciel morne, la perspective des ponts de la Seine, les tourbillons de feuilles rousses. Et tous ces noms : Bonne Nouvelle, Paradis, Cherche-Midi, Moulin de la Vierge, Lilas, Providence... Elle avait tout aimé. Mais maintenant, elle connaît l'émerveillement, le sang qui court dans les veines et qu'on sent battre à chaque instant, le bonheur qui réveille au milieu de la nuit, la dépendance à l'autre – cet autre qu'on n'attendait plus –, le désir brutal et insatiable, la peur de perdre pied, de basculer hors des normes autour desquelles on a construit sa vie et, malgré cela, l'envie de s'abandonner corps et âme.

Comme David, elle a besoin de voir l'horizon, le plus loin possible.

Le cœur battant, Angela pousse la porte de la maison d'édition. Aujourd'hui, elle va soumettre son texte à l'approbation d'un éditeur. Peu importe qu'il soit son ami ; elle éprouve la même fébrilité que tous les auteurs qui attendaient, assis sur l'inconfortable banquette de l'entrée, à la fois intimidés par ce haut lieu de l'édition parisienne et rassurés par la certitude de leur talent. Certains avaient rendez-vous et s'imaginaient déjà concourant pour les prix de la rentrée prochaine. D'autres venaient prendre des nouvelles de leur manuscrit envoyé depuis plusieurs semaines. Elle se dirige vers la standardiste. Celle-ci lève les yeux.

– Madame, puis-je vous renseigner ?... Oh, mademoiselle Wilson, pardon, je ne vous avais pas reconnue. Ça vous va bien, les cheveux lâchés. Vous êtes attendue. Ça fait plaisir de vous revoir.

Georges l'accueille avec son sourire des bons jours, les pieds posés sur le bureau au milieu des piles de manuscrits. Il porte toujours ses chaussures anglaises dont la semelle accuse un sérieux coup de fatigue. Au fil des années, il a réussi à faire de sa radinerie une image de marque : il se moque de l'apparence, il est fidèle aux objets comme aux gens. Bien sûr, il est urgent de n'en rien croire, tout comme il faut se méfier de son regard de bon chien.

– Angela !... quel honneur de te voir dans nos murs ! Dis-moi, je ne sais pas ce que tu as fabriqué toute cette année, mais tu es resplendissante.

– Je n'ai jamais été sensible à la flatterie, tu le sais bien, Georges.

– C'est ça le problème... Tu es la seule femme que les compliments agacent.

– Tu vois, quand tu veux, tu peux être aimable.

– C'est ta faute. Tu m'as laissé seul trop longtemps, je manque d'entraînement. Pendant que tu vivais des aventures vivifiantes, moi j'ai continué à faire tourner la maison, enfermé comme un rat dans ce vieux bureau.

– En empochant au passage quelques prix !

– Bof, la routine... Alors, il paraît que tu as quelque chose pour moi ?

– Voilà.

Elle pose les trois cahiers qui constituent l'unique exemplaire de son roman. C'est une libération. La tête lui tourne un peu, elle a des picotements dans les doigts et les jambes. C'est agréable. Si Georges, après lecture, lui dit : « Très bien, Angela. Quand veux-tu qu'on le sorte ? », elle jettera tout à la poubelle. Mais pour l'instant, elle savoure cette enivrante sensation.

– Je te préviens : je n'ai pas relu le texte de peur de me dégonfler.

– Je vois. Tu laisses tomber les enfants ?

– Je ne sais pas.

– Alors il y avait tout de même un type, quelque part, capable de te chavirer ?

– J'attends ton appel, chez moi, rue de Verneuil. On se verra plus tard.

Allongée sur le canapé, Angela fixe le plafond. Elle ne pense à rien. Subitement, c'est comme si elle était frappée d'amnésie. David, l'île, l'océan, la maison sur la falaise, la vie qui palpite et fait peur, le bonheur douloureux, tout s'estompe. Elle laisse sa mémoire se dérober, elle ne lutte pas. Le vide l'envahit. Reposant.

Elle entend un grincement. Elle ferme les yeux et reste immobile. Une main se pose sur son front. C'est bon. Ça pourrait durer, elle s'endormirait et la nuit viendrait, tiède et définitive.

– C'est exactement comme ça que je t'imaginais... moins sophistiquée qu'avant, plus belle, et plus lointaine.

A son accent particulièrement prononcé, Angela devine l'émotion de Nada. Elle ouvre les yeux et se redresse. La Yougoslave, raide et les traits tirés, la fixe avec sévérité. Angela la prend dans ses bras pour se dérober à son regard. Elle retrouve l'odeur fruitée de sa peau. Elle a envie de pleurer.

– Tu vas rester, ou tu es juste de passage ?

– C'est bon de te voir, Nada. Comment vas-tu ? Tu ne parlais jamais de toi dans tes lettres.

– Rien à dire.

– Tu m'as manqué.

– ...

– Ce soir, on sort dîner toutes les deux. Je t'emmène chez Marius et Janette.

Le visage de Nada se détend.

– Je mettrai la robe noire que tu m'as offerte.

– Je frappe à ta porte à neuf heures. Anna, ça va ? Les nouvelles sont bonnes ?

– Oui.

Nada se retire.

Angela téléphone au restaurant. On lui répond que c'est complet, puis on la reconnaît et tout s'arrange.

Les hommes tournent souvent la tête vers les deux femmes : celle au visage délicat et au regard pâle évoquant toute la mélancolie slave ; et celle dont les cheveux fous encadrent des pommettes hâlées et des yeux jaunes qui ont l'air de chercher quelque chose ou quelqu'un, qui sans cesse se plissent, scrutent et s'embrasent.

Nada raconte les histoires de l'immeuble : le

chat de Monsieur Dubosc qui a sodomisé le teckel de Madame Ronsart, la vieille Mademoiselle Lucet qui vit une romance avec un journaliste hippique, « Dans la troisième à Longchamp cet après-midi, je vous propose Sucette-à-l'anis », le teckel de Madame Ronsart qui s'échappe tout le temps pour rejoindre le chat de Monsieur Dubosc, le couple du troisième qui s'est déjà séparé et réconcilié une bonne dizaine de fois, Georges qui passe tous les jours, drôle de bonhomme celui-là, Madame Ronsart qui traite Monsieur Dubosc de pédéraste depuis que le matou dédaigne sa saucisse de chien.

Nada évoque ces choses futiles d'un air grave, et sourit le reste du temps. Elle parle comme elle boit le champagne, avec excès.

En fin de soirée, elle dit que la Yougoslavie l'a absorbée dans sa dislocation, que la guerre a détruit ses rêves, ses souvenirs, qu'elle lui a tout pris, jusqu'à son identité. Pendant des années, elle s'était endormie chaque soir en pensant au jour où elle retournerait dans son village. Mais, de son village, il ne reste que des ruines. Longtemps elle avait espéré retrouver le père d'Anna. Les années passant, ce désir aussi s'est étiolé. La dernière fois qu'elle l'avait vu, il avait dix-huit ans et partait chercher du travail au bord de la Méditerranée, là où l'argent se gagnait facilement, pour acheter une maison et l'épouser. Ni lui ni elle ne savaient alors qu'elle portait leur enfant. Et puis les parents de Nada avaient découvert sa grossesse et l'avaient chassée.

Maintenant, elle envisage de rejoindre sa fille aux États-Unis. Anna a laissé entendre qu'elle pourrait lui trouver un emploi au secrétariat de l'université, quelque chose de bien. Car Anna ne reviendra pas. Dans ses lettres, elle parle d'un jeune professeur de littérature. Elle prétend qu'en Amérique tout est différent, que tout le monde vient d'ailleurs, que personne n'est mis à l'écart. Nada n'en croit rien. Et même si c'était vrai, elle se sentira toujours en exil. Elle parle de la solitude qu'elle ne supporte plus. En l'écoutant, Angela décide d'appeler Air France dès demain. Ce sera une surprise. Elle prendra un billet pour Boston. Non. Deux billets. Rien ne la retient ici, elle non plus. Elles partageront une maison. Et se retrouveront comme autrefois. Tout est encore possible : Nada est jeune, elle n'a que quarante ans et elle plaît aux hommes. Il faut seulement qu'elle soit près de sa fille.

Angela se couche à minuit et demi. Le lit est froid. Elle voudrait se libérer de David. A cet instant, elle voudrait même ne jamais l'avoir rencontré ; ou au moins pouvoir en parler. Parler, ce serait déjà mettre une distance entre elle et leur histoire. Mais l'idée d'une confidence lui donne la nausée. Elle avale un comprimé bleu. Elle éteint la lumière. Le téléphone sonne.

– Angela, c'est Georges. Passe me prendre au bureau demain à treize heures. On ira déjeuner au Récamier. Bonne nuit. C'est bon de te revoir.

Mardi 30 novembre 1999.

Angela réserve deux places sur le prochain vol pour Boston et une suite dans un hôtel du centre-ville. Elle téléphonera à Anna pour la prévenir de leur arrivée tout à l'heure, lorsque la journée aura commencé de l'autre côté de l'Atlantique. Elle range ses planches de dessins et jette dans une valise quelques vêtements, la photo de sa mère, les boucles d'oreilles que son père lui a offertes. C'est tout. Elle n'emportera rien d'autre.

En sortant de l'immeuble, elle glisse un mot sous la porte de Nada : qu'elle prépare ses affaires, toutes ses affaires, elles partent demain matin pour les États-Unis.

Pendant le déjeuner, Georges fixe Angela.

– On croit connaître les gens. Comme on se trompe… Ça fait pourtant vingt-quatre ans… et je te considère comme ma plus proche amie. Je m'attendais à lire quelque chose de bien, mais sûrement pas d'aussi fort, d'aussi violent. Où es-tu allée chercher tout ça ?

Angela l'ignore et ne tient pas à le savoir. Elle a rédigé ce texte en quinze jours, comme sous la dictée. En écoutant l'éditeur, elle réalise qu'elle ne sait plus vraiment ce qu'elle a écrit. Elle se rappelle vaguement l'histoire d'un homme qui, du haut d'un arbre, épie une femme, laquelle se laisse peu à peu happer par la folie et qui devient dépendante de son voyeurisme. Elle se rappelle la progression jusqu'à la mort de cet amour d'un genre particulier. Mais lorsque Georges évoque le moment où, pour s'offrir davantage à l'indiscrétion de l'homme, les fenêtres béantes et les lumières allumées le jour et la nuit ne suffisant plus, l'héroïne démolit la façade dans une rage orgasmique, Angela le regarde avec stupeur. C'est un délire… elle est l'auteur d'un délire. Elle ne dit pas un mot.

D'après Georges, le style épuré tend le récit qui monte en puissance selon une implacable logique. Toujours d'après lui, la simplicité narrative rend crédible la démence des personnages. C'est une métaphore de l'amour dans ce qu'il a de plus obscur, de plus toxique.

Angela l'interrompt. Elle ne veut plus en entendre parler. Il est inutile de discuter du bien-fondé de la publication du texte, elle sait que Georges tentera tout pour la faire céder. Elle demande juste à prendre un pseudonyme et à ne rencontrer aucun journaliste.

Georges accepte.

Ils se taisent. Il mange son hachis parmentier, l'air absorbé. Elle a l'impression de le voir pour la première fois. Il est son ami et son éditeur depuis si longtemps qu'elle a oublié de le considérer comme un homme. Pourtant, à cet instant, il lui plaît. Son visage s'est épaissi au fil des années. Ses paupières se sont affaissées sur un regard brillant d'intelligence. Il s'anime sitôt qu'il parle des livres. Elle ne lui connaît pas d'autre passion. Si elle n'était pas éperdument amoureuse de David, elle succomberait à son charme.

– Pourquoi souris-tu ?

– Pour rien. Je suis contente de te voir.

– Tu es surtout soulagée que ton roman m'emballe !

– Voilà, c'est ça.

Autre silence.

– Tu as suivi cette monumentale connerie qu'ils nous préparent pour fêter une fin de siècle qui n'en est même pas une ? Les Champs-Élysées transformés en fête foraine... ils vont nous emmerder avec ça pendant des jours. Le mieux est encore de déserter la capitale. Toi, bien sûr, tu repars ? c'est ton nouveau genre !

Angela ne relève pas. Avant, elle passait les réveillons seule chez elle. Rien de tel, pour l'abattre, que la bonne humeur obligée, les embrassades avec des inconnus et le champagne tiède.

Elle aperçoit sur le trottoir d'en face une agence immobilière. Elle traverse et entre. Dix minutes plus tard, elle ressort avec une impression de légèreté. Sa maison est en vente. Elle n'a plus d'attaches. Elle est libre.

Elle pousse la porte de l'immeuble, et

découvre Nada au milieu de la cour, les poings sur les hanches et le regard furieux.

– Qu'est-ce que c'est que cette histoire, Angela ? Je ne pars nulle part. En tout cas pas comme une voleuse, et sûrement pas avec toi.

– Demain tu seras auprès d'Anna.

– Tu ne viendras pas. Tu n'es plus la même. Avant, on pouvait compter sur toi. Maintenant, tu es devenue plus légère que le vent. Tu es comme un souffle chaud et enveloppant : lorsque tu es là, c'est bon, mais l'instant d'après il ne reste que le silence et le froid de l'absence.

– C'est ce que tu penses ?

– Bien sûr.

– Toi et Anna, vous êtes mes seules attaches.

– Vraiment ! Chaque matin, j'attends le facteur dans l'espoir de recevoir une lettre des États-Unis. Et toi aussi, je t'ai attendue. Je ne veux plus être comme ces chiens qui n'osent pas bouger de peur que leur maître revienne juste au moment où ils se sont éloignés. Maintenant, je n'attends plus personne.

Angela ouvre la porte de sa maison, trébuche sur sa valise posée dans l'entrée. Elle s'allonge sur son lit. Elle ferme les yeux. Les traits du visage de David s'estompent, l'odeur de sa peau et le grain de sa voix sont en train de lui échapper. Les trahisons de la mémoire sont impitoyables Mais il reste quelque chose de lui, quelque chose de tangible, écrit noir sur blanc : la partition musicale restée sur l'île, dans le tiroir de la table de nuit.

DÉCEMBRE

Mercredi 1er décembre 1999.

Angela débarque sur l'île à cinq heures de l'après-midi. Elle descend du bateau, court dans la nuit pluvieuse et glacée. Elle s'engouffre dans la voiture de David avec sa valise et ses dessins.

Pendant toute la traversée, mêlée au fracas des vagues sur la coque, aux sifflements du vent, résonnait comme un écho la voix de Nada : « Va-t'en... va le rejoindre... » Pas plus qu'à Georges elle n'a eu la force de lui répondre que personne ne l'attendait.

Elle roule doucement sur la route verglacée. Les phares percent au fur et à mesure l'opacité d'une brume givrée. Cette absence de paysage durera encore plusieurs semaines avant que réapparaissent les lueurs crépusculaires. Elle avait presque oublié cet engourdissement dans lequel plonge l'interminable nuit. Elle ne s'est pourtant absentée que cinq jours. Mais l'éclat de Saint-Martin et les illuminations de Noël dans Paris ont assourdi le souvenir de l'obscurité silencieuse. Elle se sent bien au cœur des ténèbres. En cette saison où rien ne vient distraire le regard, la vie touche à l'essentiel. A l'immortalité.

Elle est de retour chez elle.

Elle remet la chaudière en marche. Ensuite elle prend plusieurs sacs poubelle et y jette toutes les affaires de David : son flacon de mousse à raser dont l'embout se couvre maintenant d'une fine couche de moisissure, ses médicaments, ses vêtements, son ordinateur, ses livres, ses disques, sa collection de partitions. Faire le vide pour supporter le manque. Ne plus espérer le retrouver. Ne plus voir dans la présence d'objets la promesse d'un retour. Pour avoir vu son père accomplir les mêmes gestes, elle sait qu'elle n'y trouvera pas l'oubli, mais peut-être parviendra-t-elle à un certain apaisement.

Elle prend la composition musicale de David et descend.

Lucy est là, au milieu du salon, avec son bonnet de laine enfoncé jusqu'aux yeux et son long manteau en peau de mouton dans lequel elle paraît encore plus petite.

– Bonjour, Lucy. Que faites-vous là ?

– Je suis venue lundi, j'ai trouvé la maison fermée. Je me suis inquiétée, vous ne m'aviez pas dit que vous partiez.

– Savez-vous lire la musique ?

– Non. Il y a longtemps, j'ai voulu apprendre le piano. Je suis allée chez la Tchèque qui habite à la sortie du village. Elle était pianiste, autrefois. A la première leçon, j'ai compris que le solfège, les gammes, tout ça n'était pas pour moi. J'aime les choses qui vont vite, le plaisir immédiat, comme avec les hommes. C'est une drôle de bonne femme. Elle ne ferme jamais ses fenêtres, même en hiver. Je vais faire du café.

Elle revient avec deux tasses fumantes.

– Il faut que je vous raconte. J'ai retrouvé un type que j'ai connu sur le continent et qui travaille maintenant sur la plate-forme pétrolière. Il vient me chercher avec la vedette, la nuit uniquement parce que personne n'a le droit d'aller là-bas. D'abord, on fait une heure de bateau, l'océan est noir, le ciel est noir, on saute de vague en vague et on ne sait plus où on est, ça donne le tournis. Et puis au bout d'un moment, on aperçoit la lueur de la flamme, on ne peut plus la quitter des yeux, on la voit grossir, et peu à peu se dessine une ville de science-fiction avec ses lumières et ses structures métalliques qui s'élèvent à la verticale. Je n'ai jamais rien connu d'aussi excitant.

Lucy doit inventer cette histoire. Ou peut-être pas. Angela sourit en écoutant cette drôle de Betty Boop. Elle aime son regard perçant, son absence de coquetterie, sa liberté et sa vitalité.

– ... Dans la cabine, on a l'impression d'être dans le ventre de la Terre. Il y a des bruits sourds et des grincements qu'on n'entend nulle part ailleurs. Il fait moite, on suffoque dans cette atmosphère torride. C'est l'Enfer. Et là, on baise à s'en faire péter la cervelle.

Chaudement vêtue, Angela fait quelques pas le long de la falaise. Dans un bruit de tonnerre, les vagues en contrebas se fracassent sur la paroi rocheuse.

Le ciel offre un incroyable spectacle. Une pluie d'étoiles filantes illumine les ténèbres. C'est un feu d'artifice. Un embrasement. Jamais Angela n'a vu de nuit aussi constellée. Il semble que cette effervescence interstellaire annonce la fin du monde. Si seulement David était là...

Jeudi 2 décembre 1999.

Elle trouve sans difficulté la maison à la sortie du village. A peine frappe-t-elle à la porte que celle-ci s'entrebâille.

– Il y a quelqu'un ?

Personne ne répond. Angela hésite à entrer quand la porte s'ouvre brusquement sur un regard qui la transperce et lui donne aussitôt envie de faire demi-tour. Le visage décharné et sillonné de rides profondes est un désastre auquel la chevelure crépue et blanche n'arrange rien. Angela ne peut ni bouger ni parler. Elle observe la femme. C'est comme si elle contemplait sa propre image dans quelques années.

– Qu'est-ce que je peux pour vous ? Entrez !... Vous n'allez pas rester plantée là. Venez !

– Je ne voudrais pas vous déranger.

– Me déranger !

Le rire est cassant et l'accent slave prononcé. Elle tourne les talons. Angela la suit et découvre un capharnaüm. Les meubles croulent sous les bibelots. Les tableaux jonchent le sol, il faut se frayer un chemin à travers la pièce pour n'en piétiner aucun. Dans un coin, un piano à queue disparaît sous des assiettes sales, un paquet de chips, des journaux froissés, des livres, un bouquet desséché, un foulard, une sandale, un peigne, une loupe, des verres. La Tchèque se laisse tomber dans un vaste fauteuil et désigne une chaise un peu plus loin.

– Asseyez-vous et expliquez-moi ce que vous venez faire ici.

– J'aimerais entendre jouer cette partition.

– Je vois. Servez-vous un verre de sherry. Là, dans la commode.

– Non merci.

– Allons, ne soyez pas impolie. Servez-nous deux verres, et faites semblant d'y tremper vos lèvres. Moi, je dois me réchauffer pour laisser les fenêtres ouvertes. J'ai besoin d'air, vous comprenez ? Je ne peux plus sortir, je n'ai plus les jambes assez solides. Mais je dois respirer l'océan, je dois sentir le vent, sinon mes poumons vont se ratatiner.

Une dizaine de bouteilles, vides pour la plupart, s'alignent dans la commode. La femme boit d'une traite l'alcool qu'Angela vient à peine de lui donner.

– Vous savez, je ne joue plus comme avant. Autrefois, il y a longtemps, j'étais concertiste. Les hommes se bousculaient pour m'écouter, ils oubliaient les autres femmes, ils me couvraient de cadeaux. J'étais une reine. Il y a une éternité... Vous êtes encore jeune, qu'est-ce que vous faites sur cette île ? Il n'y a que des vieillards. Enfin, ça ne me regarde pas. Bon, montrez-moi cette partition.

Elle parcourt la première page, puis la seconde. Ses mains aux articulations déformées se crispent sur les feuilles. Sans relever les yeux et d'un geste autoritaire, elle tend son verre vide à Angela qui le remplit de nouveau. La Tchèque avale cul sec le liquide sirupeux, et lit silencieusement les notes. L'étincelle de vie qui l'animait quelques instants plus tôt s'est évaporée. Angela devine les nuits d'insomnie, la peur viscérale de sentir défaillir un souffle déjà capricieux, elle devine l'angoisse et la rage face à la mort qui l'effleure chaque jour d'un peu plus près. Angela étouffe. Pourtant le froid règne dans la pièce. Elle espère un geste, un mot. Elle voudrait l'entendre faire la coquette. Elle voudrait la voir s'asseoir au piano avec des grâces de jeune fille. Mais seul le vent siffle en s'engouffrant dans les fenêtres ouvertes. Elle va se lever, s'en aller le plus loin possible. Sortir d'ici.

– Qui a écrit ça ?

– Pardon ?

– C'est pour vous qu'on a écrit cette musique ! C'est vous, Angela !

– Je vous dérange...

– Vous vouliez que je joue ?

– Excusez-moi... une autre fois...

Angela se lève, sa chaise tombe... tout vacille...

Comment est-elle rentrée ? Les virages à toute allure... l'obscurité... l'impression de suffoquer... les bourrasques de vent qui déportaient la voiture... et le gouffre si près.

Elle claque la portière, se précipite au bord de la falaise. Elle est chez elle. Ça va mieux. La Lune éclaire la Terre comme un pâle soleil. Angela avance, précédée par son ombre. Elle longe la côte sur le sentier dont elle connaît chaque anfractuosité pour l'avoir si souvent emprunté avec David. D'où vient cette musique ? Ce n'est que le vacarme de l'océan. Ce murmure, cependant... Angela se retourne. C'est absurde : c'est la rumeur de la mer, c'est le chant des baleines dans le lointain, c'est le vent qui rend fou, c'est l'interminable hiver et sa nuit qui n'en finit pas. Elle court, elle s'enfuit. La musique s'intensifie, gronde et puis s'apaise, repart de plus belle comme un cœur qui bat trop fort, qui s'élance, s'emballe et puis chavire, qui fait mal dans la poitrine. Elle ne veut pas connaître la musique de David. Elle s'arrête, presse de toutes ses forces les mains sur ses oreilles pour ne plus rien entendre. Les accords résonnent encore plus violemment dans sa tête.

... Angela... Angela !

Que ça cesse. Devenir sourde. Mourir. Le précipice est là, tout proche, un pas et tout s'arrête, il n'y a qu'un pas à faire.

... Angela...

Un point lumineux... une étoile ? la plate-forme ? un cargo ?

... Accrochez-vous à moi. Ça va aller, maintenant.

La maison de Lucy dans la nuit.

Lucy l'aide à s'allonger sur le canapé et la couvre d'un châle. Elle disparaît et revient quelques instants plus tard avec du thé.

Peu à peu, Angela se réchauffe. Elle découvre la pièce, le parquet vernis, les kilims, les murs jaunes, les meubles en bois exotique, les persiennes intérieures qui doivent diffuser une belle lumière en été.

– Je croiserai le médecin la semaine prochaine. Je pourrais lui dire d'aller vous voir tant qu'il est sur l'île...

Angela secoue négativement la tête.

– Vous sentez cette bonne odeur ? Lorsque je vous ai aperçue dehors, j'étais en train de faire un cake à l'avocat et aux abricots pour le couple de vieux chez qui je vais tout à l'heure. Je leur fais un peu de ménage et surtout la lecture. J'aime bien, parce qu'avant je n'avais jamais ouvert un livre. En ce moment, nous lisons *Amok*, de Stefan Zweig. Le mois dernier nous avons lu *Des souris et des hommes*, et avant *Le Rouge et le Noir*. Je n'imaginais pas que j'aimerais tellement ça. Leurs enfants ont quitté l'île il y a longtemps. Alors, quand j'arrive, ils sont contents. Ce n'est pas comme mes parents. Ils vivent enfermés dans le phare. Ma mère ne me reconnaît plus, et mon père passe ses journées à s'occuper d'elle. Je vais les voir de temps en temps, mais pour ce que ça leur fait plaisir ! La seule chose qui intéresse mon père, c'est de savoir si je vais enfin me marier et avoir des enfants. Mais moi, ça ne me dit rien. Le même bonhomme jusqu'à la fin de mes jours... Et puis je ne tiens pas tellement à me reproduire. Quand je rencontre dans la glace mes yeux qui me scrutent avec ironie, je me dis qu'il vaut mieux en rester là.

Bercée par la voix de Lucy et lovée dans son châle au doux parfum de vétiver, Angela s'endort. La jeune femme l'observe. Elle aimerait posséder son élégance, n'avoir comme elle jamais de geste ni de mot inutile. Il semble qu'Angela vive dans un monde de silence et de solitude connu d'elle seule où elle ne souhaite pas être rejointe.

A son retour sur l'île, en septembre dernier, Lucy avait tout de suite travaillé chez elle. Intriguée par « la Française » comme l'appelaient les gens d'ici, elle l'avait observée à son insu. Le soleil commençait déjà à pâlir, mais les journées étaient encore agréables. Elle l'avait vue accomplir un rituel quotidien : chaque matin, elle s'installait sur la terrasse avec son matériel de dessin dont elle ne se servirait pas, elle buvait un café en croquant des carrés de chocolat. Elle restait longtemps, assise sur le fauteuil à bascule, à fixer l'horizon. Ensuite elle fermait les boutons de sa veste, relevait son col et partait marcher le long de la falaise. Arrivée à la grande plage, elle s'immobilisait face à l'océan, les bras serrés autour du corps. Le souffle du large dans ses cheveux dégageait son visage éclairé d'un sourire de Madone. Puis elle rentrait et demeurait le reste de la journée sous la véranda.

On disait que son ami était mort, on ne savait pas comment. Lucy pensait que la femme n'avait plus rien à faire ici, qu'elle allait quitter ce bout de terre où l'ennui s'accorde si bien au paysage balayé par le vent, et rentrer à Paris. Mais les semaines passaient, et Angela restait. Les jours se succédaient, identiques jusqu'au bégaiement, dans cette forme d'immobilisme qui engourdit et affaiblit peu à peu.

Lundi 6 décembre 1999.

Angela guette le facteur depuis ce matin.

Elle doit apprendre à ne pas se laisser aspirer par les défaillances de sa mémoire. Le visage de David, une nuance de brun plus ou moins clair au fond de l'iris, une intonation, l'odeur de sa peau, tout lui échappe. Il ne faut pas s'en irriter ; la colère embrouille davantage. Ce qui compte, c'est l'intensité et la certitude de l'amour.

Enfin elle aperçoit depuis la fenêtre de la chambre les phares d'une voiture qui tremblent dans la nuit hivernale. Elle dévale l'escalier, ouvre la porte d'entrée et attend sur le seuil. Le véhicule bringuebale sur la petite route et s'arrête devant la maison. Le facteur descend sans couper le moteur. Il marche vers Angela, l'air inquiet de la trouver sur le perron. Habituellement, il dépose le courrier sans sonner, sauf si un recommandé l'y oblige. Angela lui demande où il a trouvé cette lettre. « Quelle lettre ? » Elle l'empoigne avec vigueur. Celle qu'il a donnée à Lucy pour elle, il y a deux semaines ! D'ailleurs, pourquoi ne la lui a-t-il pas remise lui-même ? – Il ne sait pas de quoi elle parle... il ne comprend pas. Elle le secoue sans doute un peu trop fort car il semble encore plus pâle et plus frêle que d'habitude. Elle le lâche et lui montre la dernière lettre de David, celle dans laquelle se trouvait le billet pour Saint-Martin. Il regarde l'enveloppe. Impossible de savoir d'où elle provient, dit-il, le tampon est illisible et, du timbre, il ne reste que la trace de colle. Elle sait tout cela. Elle veut savoir comment cette lettre lui est parvenue. « Il l'a trouvée à la poste, forcément. » Ils restent immobiles et silencieux. Le jeune homme n'ose pas bouger de peur de déclencher de nouveau la colère de la femme. Elle se sent anéantie. Si leurs haleines ne se rencontraient pas dans l'obscurité et ne se mêlaient en une blancheur vaporeuse, on pourrait croire que le temps s'est arrêté. Angela se ressaisit et lui propose d'entrer un instant. Il refuse, s'enfuit vers sa voiture, puis, se souvenant qu'il a une lettre pour elle, fait demi-tour et s'en débarrasse comme si ce bout de papier risquait de lui brûler les doigts.

Lucy est là. Elle a dû arriver par la varangue pendant qu'Angela empoignait le garçon.

– Salut. Ça va ? Vous n'alliez pas fort, jeudi dernier.

– La lumière du jour me manque, ça me donne le vertige. Mais j'imagine qu'on finit par s'y habituer.

– Vous ne devriez pas rester toute seule.

– Je ne suis pas seule puisque vous êtes là.

– Moi, ça ne compte pas. Je pourrais vous présenter des gens, je connais tout le monde ici. Le soir, on se retrouve chez les uns ou les autres. Demain je vous emmène dîner chez des amis, ça vous fera du bien.

– Non merci, Lucy. L'autre jour, vous m'avez bien dit que vos parents occupaient le phare, n'est-ce pas ?

– Je croyais que vous étiez évanouie, ou quelque chose comme ça.

– Pas tout à fait, visiblement.

Le téléphone sonne. Georges lui annonce que son roman a été lu par le comité éditorial, qu'il sortira en septembre prochain, et que le contrat est parti. Puis, tout à trac, il lâche : « J'ai demandé sa main à Nada. » Angela rit. « Je parle sérieusement. C'est idiot, mais en espagnol Nada signifie "rien", c'est un truc qui me bouleverse. » « Georges, on n'épouse pas un prénom ! » Il la rassure : Nada a refusé. « Tout de même, c'est romanesque de demander en mariage une femme avec laquelle on n'a pas échangé un seul baiser. » Angela ne répond pas. Après un temps, dans un susurrement, Georges dit qu'elle est la seule femme qu'il ait jamais eu envie de rendre heureuse. Il tousse pour s'éclaircir la voix, et reprend : « Pour ton roman, on dira qu'on a reçu le texte par la poste et que l'auteur exige de garder l'anonymat, qu'on ignore même s'il s'agit d'un homme ou d'une femme. La presse adorera. J'ai pensé à G. Henrey comme nom. Il faudra tout de même que les journalistes puissent te joindre sur Internet. » Angela a laissé son ordinateur à Paris, et elle s'est débarrassée de celui de David. Ce n'est pas grave, il s'en occupe. Puis la conversation s'achève très vite.

Angela ouvre l'enveloppe que le facteur lui a apportée. Nada écrit qu'elle part, qu'elle quitte la France. C'est une lettre de remerciements, pour le billet d'avion d'abord, et aussi pour lui avoir appris le français, pour lui avoir obtenu la double nationalité, oui, vraiment, elle la remercie pour tout ce qu'elle a fait, pour elle et pour Anna, d'avoir toujours été présente à leurs côtés, d'avoir suivi les études de sa fille, de l'avoir toujours bien conseillée. Angela a envie de pleurer. Il n'y a rien qu'elle ait fait par charité. Elle éprouve de la tendresse pour Nada, une infinie tendresse, et depuis tant d'années.

– Saloperie d'île !

Lucy balaie le salon.

– ... Vous vous rappelez, je vous ai parlé d'une vieille pianiste qui habitait au bout du village. On l'a découverte avant-hier, pendue. Elle se serait suicidée jeudi, d'après la police. Je ne l'avais vue qu'une fois, mais je l'avais trouvée sympathique. Elle ne pouvait plus jouer du piano. Ses mains tremblaient. Elle n'aurait pas supporté. Moi, je crois surtout que c'est cette maudite île qui lui a fait perdre la raison.

– Vous ne m'aviez pas dit qu'elle ne pouvait plus jouer !

– Je n'en savais rien. Ce sont les gens du village qui me l'ont appris. Les fenêtres étaient fermées, c'est ça qui a alerté les voisins.

La partition de David est restée là-bas.

Un ruban noir est épinglé sur la porte. Angela frappe, personne ne vient ouvrir. Elle fait le tour de la maison, jette un coup d'œil alentour puis, d'un coup de coude, brise une vitre et s'introduit dans le salon. Elle n'ose pas allumer la lumière. Dans le halo de sa lampe de poche, la pièce paraît encore plus en désordre. Il faudra sûrement des heures pour retrouver au milieu de ce fouillis la partition de David. La porte d'entrée claque. Angela se retourne. Un homme s'approche. Le cœur d'Angela s'arrête de battre. Elle le braque avec sa torche. Ils sont face à face. Sans un mot, elle le contourne et s'enfuit. L'homme n'a pas bougé, il l'a regardée filer comme un fantôme.

C'est la fin. Angela a perdu la partition. Elle a perdu David une deuxième fois.

Mardi 7 décembre 1999.

On sonne à la porte. Angela n'attend personne. Il est sept heures du soir. On insiste.

Pendant une seconde, elle ne le reconnaît pas. Il a tellement changé ; en si peu de temps... Il paraît fluet, ses cheveux se sont appauvris, son visage s'est creusé, ses yeux se sont délavés au point qu'il est impossible de déterminer leur couleur. Son père...

– J'espère ne pas mal tomber ?

La voix a perdu en assurance.

– Entre.

Elle ramasse le courrier déposé sur le paillasson. Il passe devant elle et va s'asseoir sur le canapé.

– Ma fille... viens à côté de moi.

- Que veux-tu boire ?

– Rien. La traversée m'a légèrement barbouillé.

Sans tenir compte de la réponse, elle va à la cuisine. Elle mélange dans un grand verre du Coca, du jus de citron et du rhum.

– Tiens, ça te fera du bien.

– Tu te rappelles ?

Il en boit une gorgée.

– ... J'avais oublié comme c'est bon. Ce cocktail, c'est autre chose que le thé avec lequel Martha me pourchasse du matin au soir. La dernière fois que j'en ai bu, c'était déjà toi qui me l'avais préparé, c'était... je ne sais plus quand...

Angela se tient debout au milieu du salon, les bras croisés. Elle sait qu'il faudrait aller l'embrasser, poser la tête sur son épaule, s'inquiéter de sa santé. Il a fait un long voyage pour venir jusqu'à elle. Seulement elle reste plantée là, dans cette attitude raide et frileuse. Le silence les sépare, interminable et douloureux. Elle voudrait se jeter contre lui, oublier sa peur de le décevoir et de souffrir. Son père est venu la voir. Il est là pour elle. Et il est vieux.

– Martha l'a fait pour toi.

Il lui tend une boîte en carton. Elle soulève le couvercle et trouve un apple pie doré. Ses yeux tombent sur le bagage de son père, posé au pied du canapé. Ce petit sac de toile au motif écossais résume à lui seul la solitude de son père, la solitude et le renoncement à la vie. A son aspect avachi, elle sait qu'il est pratiquement vide. Un pyjama, une chemise et un caleçon de rechange, une brosse à dents, un peigne. Il y a si longtemps que son père s'est débarrassé du superflu qu'Angela ne parvient pas à l'imaginer dans les années de jeunesse, d'insouciance et de désir.

– Jusqu'à quand restes-tu ?

– Je repars demain matin.

– ... Comment va Martha ?

– Son mari est mort il y a trois semaines.

– Tu aurais pu me prévenir !

– Serais-tu venue ?

– Il me semble que c'était à moi d'en décider.

– Tu as raison.

Il sourit tristement. Elle se sent sèche et minable.

– Veux-tu prendre une douche ?

Pendant qu'il est dans la salle de bains, Angela fait le lit. Puis elle prépare le dîner. Elle met une nappe blanche sur la table, pose les chandeliers et éteint le lampadaire à l'éclairage trop cru.

Lorsque son père redescend, il paraît moins fatigué.

– C'était à Naples, en 1947. J'avais vingt-cinq ans. Je venais de terminer mes études de médecine et j'étais parti me balader en Italie. Un soir, dans une rue sombre, des types m'ont suivi. J'ai entendu le déclic d'un couteau à cran d'arrêt qui s'ouvre, j'ai accéléré le pas, mais ils étaient toujours derrière moi, si près que j'entendais leur respiration. J'ai débouché sur les quais où des hommes, un peu plus loin, déchargeaient un cargo. J'ai couru vers eux, dans la nuit je n'ai pas vu les filets par terre, je m'y suis pris les pieds. Le temps que je me relève, un des voyous m'a planté son couteau dans le dos. Mon cri a alerté les marins qui sont venus à mon secours. Mais le coup m'a envoyé à l'hôpital pour trois mois. Trois mois sans pouvoir me lever.

» C'est là que je l'ai rencontrée. Au début, je n'ai pas fait attention. J'étais sous morphine, et surtout je n'avais qu'une envie : quitter cet hôpital napolitain où les vieillards gémissaient jusqu'à l'agonie.

» J'ai fini par remarquer la jeune fille qui s'asseyait chaque jour auprès des malades et leur parlait tout bas. Elle travaillait à la cantine et passait dans les salles entre chaque service. Elle apportait un biscuit, remontait une couverture, tapotait un oreiller, tenait une main. Elle portait une robe noire un peu trop étroite, et un fichu qui retenait ses cheveux. Mais surtout, et cela je ne l'ai pas vu tout de suite car elle avait toujours le regard baissé, elle avait dans les yeux un éclat joyeux. Elle avait quinze ans.

Son père se tait. Il tousse pour s'éclaircir la voix, puis reprend :

– Plus je l'observais, plus je la trouvais belle. Elle était à la fois pure et charnelle. Je ne la désirais pas, elle était trop jeune. Au bout d'un mois, elle m'a adressé son premier regard.

» Un matin, lorsque je me suis réveillé, elle était assise sur une chaise, si près de mon lit que je sentais son souffle léger. Elle me souriait. Je lui ai dit bonjour. Elle m'a répondu quelques mots en italien que je n'ai pas compris, mais elle est restée là.

» Ça a recommencé tous les jours, jusqu'à mon départ. C'était un lundi. On m'a emmené faire les derniers examens. Quand je suis remonté pour prendre mes affaires, je l'ai trouvée devant mon lit, une valise à ses pieds. Elle a pris ma main et m'a emmené voir tous ses amis de l'hôpital. A chacun, elle a seulement dit mon nom, et ils ont compris.

» Elle était la femme d'un seul homme, et j'étais celui-là. Moi, je ne savais pas quoi faire d'elle. Nous ne parlions pas la même langue, nous ne nous connaissions pas, elle était encore une enfant, quinze ans ! Mais je suis allé à la gare, comme prévu, et j'ai acheté deux billets. Elle est montée dans le train sans trembler, sans un regard en arrière.

« La suite, tu la connais, enfin à peu près.

– Tu n'as jamais envisagé de refaire ta vie ?

– Non.

– Vous n'aviez pourtant pas grand-chose en commun.

– Je pensais que maintenant tu comprendrais.

Le regard dans le vague, il pose sa main sur celle de sa fille. Angela ne bouge pas. Elle ose à peine respirer. La chaleur de la paume du vieil homme remonte le long de son bras et se propage dans son corps. Elle repense à ce lointain voyage à Rome. Là aussi, il avait serré sa main. Dehors, il n'y a pas un souffle de vent. C'est à peine si l'on devine le bruissement de la mer. Angela voudrait entendre les sifflements familiers s'immisçant sous les portes et les fenêtres, les craquements de la maison soumise à la pression des intempéries, le déchaînement des flots. Le silence accentue son embarras. La tendresse entre eux n'a jamais été naturelle. Son père éternue et retire sa main. Elle débarrasse la table.

Il est tard. Elle l'accompagne dans la chambre, vérifie qu'il ne manque de rien, et s'éclipse avec le sentiment d'avoir encore tout gâché.

Pourquoi les mots et les élans sont-ils tellement difficiles avec son père ? Avec David, tout avait été si simple, elle s'était sentie forte et libre. Elle vivait chaque instant de ce bonheur comme on se jette dans le vide, avec inconscience. La peur de perdre l'être aimé était balayée par le besoin de se fondre en lui. L'amour de David était une brûlure, mais aussi une délivrance. Elle avait enfin trouvé sa place.

Malgré cela, il est parti. Depuis, le sentiment d'asphyxie et d'impuissance l'écrase plus encore qu'autrefois.

Cette nuit, elle ne dormira pas.

Elle entrouvre la porte et pénètre à pas feutrés dans la chambre. La clarté du rez-de-chaussée baigne le visage de son père. Sa peau ressemble à un tissu chiffonné. Ses sourcils blancs et ébouriffés surplombent des paupières creuses. Sa lèvre inférieure frémit à chaque ronflement. C'est un visage de vieillard. Sans faire de bruit, Angela approche le fauteuil et s'assied contre le lit.

La nuit s'écoule. Dehors, l'océan répond au souffle profond et régulier d'un homme qui va bientôt mourir. Elle ne le quitte pas des yeux.

Il fut grand, fort et beau, les femmes cherchaient à capter son attention. Aujourd'hui, il ne reste rien de sa splendeur.

Elle veut ne jamais oublier cette image de son père endormi.

Elle l'aime à pleurer.

Elle ouvre une grande enveloppe arrivée tout à l'heure. La partition de David est accompagnée d'un mot.

> *Après votre départ pour le moins précipité, je n'ai pas résisté au désir de jouer cette composition. Je l'ai écorchée, mais enfin, personne n'était là pour m'écouter.*
>
> *Comment vous dire... il y a souvent trop de notes, mais c'est une musique troublante. Un grand désespoir se dégage des premières mesures, très lentes. Peu à peu, ça devient une sorte de grondement, trop touffu, trop fougueux, avec même quelques accords improbables. Je me suis demandé si l'auteur de cette composition n'était pas sourd, ce qui expliquerait les dissonances.*

Ensuite, la fin évoque l'anéantissement, la chute, et c'est de nouveau magnifique.

Il est peu probable que nous nous revoyions, et je ne crois pas qu'il y ait sur l'île quelqu'un d'autre que moi pour vous interpréter cette partition. C'est la raison pour laquelle je vous écris ces quelques lignes.

Cordialement,

Irina Bescova.

Elle est morte le jour où Angela est allée la voir. La Tchèque souffrait sans doute de solitude, mais rien, lors de leur rencontre, n'indiquait qu'elle était sur le point de se pendre. Angela cherche à se souvenir d'un silence, d'une absence au milieu de la conversation, d'un regard soudainement égaré auquel elle n'aurait pas prêté attention. Mais rien de tel ne s'est produit. Et son goût pour le sherry ne faisait pas d'elle une candidate au suicide. Non, rien, vraiment, n'indiquait l'imminence d'une décision irréversible. Après le départ d'Angela, elle a pris le temps de jouer la partition de David. Et encore d'écrire ce mot. Et puis ?...

qu'est-il arrivé ? Combien de temps s'est-il écoulé avant qu'elle passe la corde à son cou, monte sur une chaise, et envoie tout balader ?... Est-ce qu'on s'intéresse à la musique d'un inconnu juste avant d'en finir ? Et si ce n'était pas un suicide ? Angela chasse de son esprit cette hypothèse.

Pourquoi les gens s'en vont-ils ?

Irina Bescova devait avoir ses raisons.

Angela n'a toujours pas sommeil. Elle punaise la partition de David au mur. Les feuilles couvrent un pan entier du salon. Elle s'assied par terre et observe cet immense tableau. Les notes et les mesures se succèdent, espacées, ou tellement groupées qu'il devient presque impossible de les distinguer les unes des autres. La plume effleure le papier ou bien l'écorche. L'écriture de David lui rend ses mains puissantes aux doigts longs et souples, aux articulations noueuses. Elle retrouve la violence qu'elle surprenait parfois à travers un geste énervé sans rapport avec la situation, à travers un éclat de folie chassant l'habituelle mélancolie de son regard. Elle fixe longuement la partition au point d'en être aveuglée. Le noir... le blanc. L'oubli et le manque. La douleur et l'engourdissement. David si présent. David absent. Elle a froid. La vieillesse de son père, la disparition de la Tchèque, l'hiver glacé et silencieux sont en train de l'engloutir. Elle se jette sur le mur... ses doigts suivent la griffure du stylo... sa joue caresse le papier rugueux. Elle veut pénétrer dans la partition, quitter la réalité et rejoindre David. Elle frappe ce mur qui les sépare avec ses mains, sa tête, ses genoux. Elle se cogne. Cela ne fait même pas mal. Elle veut le retrouver, n'importe où, n'importe comment. Elle peut aller jusqu'à la mort si c'est avec lui.

Mercredi 8 décembre 1999.

Elle se réveille, elle a mal partout, comme si on l'avait rouée de coups toute la nuit. Son père, assis sur le canapé où elle a fini par sombrer, a préparé le petit déjeuner. Il sourit et lui propose une tasse de café. Il se lève, met ses lunettes et s'approche du mur où s'étale la partition.

– Un musicien habite ici ?

Le canapé tangue. Angela glisse en arrière, ses mains ne trouvent rien à quoi s'accrocher. Son père lui tourne le dos, silencieux. Elle glisse ; c'est sans fin. Impossible de bouger, de s'enfuir, tout se dérobe et s'obscurcit comme sous l'effet d'une injection anesthésiante. Sa volonté est anéantie, son corps n'est qu'un poids inerte. Elle glisse. L'instant se fige. Elle glisse. Une voix assourdie lui parvient :

– C'est intéressant, cette sonate ; un peu confus parfois, mais certains passages sont magnifiques.

Elle se redresse comme on s'arrache de la noyade. Debout, le vertige s'estompe un peu.

Jusqu'à la mort de sa mère, son père jouait du piano. Elle avait oublié.

Elle sort. Il la rejoint sous la véranda et lui caresse doucement la tête. Aussi loin qu'elle se rappelle, Angela ne se souvient pas d'un tel geste.

Ils restent face à l'écran noir de l'hiver. Le vent givré fouette leurs visages.

Ils rentrent.

– Ça me fait plaisir de te savoir ici. Maintenant, c'est bien. Je suis tranquille.

Elle voudrait lui dire qu'il ne comprend rien, qu'elle est seule à crever, qu'elle se lève chaque matin avec une boule dans la gorge, qu'elle ne sait plus quoi faire de sa vie. Et puis non.

– ... Ça doit être étrange, tout de même, de ne pas voir le jour pendant des semaines ?

– On s'y fait, enfin il paraît.

– Tu sais, quand Martha a perdu son mari, il n'y a rien eu à faire, elle n'a pas voulu s'arrêter de travailler. Et pas une fois depuis je ne l'ai sentie faiblir.

– Reste ici quelques jours.

– J'aurais bien aimé... une autre fois...

– Oui, une autre fois.

Elle l'accompagne au bateau. Sur le quai, ils s'embrassent un peu gauchement. Un imperceptible tremblement traverse le corps du vieil homme. Elle le sermonne comme une mère avec son enfant. Ils vont se revoir très bientôt, oui, ils n'attendront pas autant avant de se retrouver, et c'est promis, il va prendre soin de lui, et aussi de Martha.

Angela regarde le chalutier qui s'éloigne. Seule sur le port, elle suit la lumière du bateau se fondre dans la nuit, jusqu'à ce que le souvenir de cette brillance lui fasse mal aux yeux, jusqu'à ce qu'elle soit certaine de ne plus rien distinguer. Mais il y a déjà si longtemps qu'ils se sont perdus.

Après, c'est un trou noir.

Reconnaître son propre destin dans celui de son père rend le chagrin et le manque encore plus cruels. Comme lui, elle restera inconsolable, dépossédée, sans raison d'être.

Mercredi 22 décembre 1999.

Elle s'examine dans le miroir. L'hiver est passé sur elle depuis la dernière fois qu'elle a pris la peine de s'observer. Ses cheveux ont perdu leurs reflets dorés, sa peau est d'une extrême blancheur, ses pupilles dilatées par l'absence de lumière du jour durcissent son regard. De toute façon, David ne viendra pas. Il ne verra pas la vie qui fuit son corps trop mince ni son visage fantomatique. A moins qu'il ne l'observe à son insu.

Ce matin, Angela a reçu une troisième lettre.

12, rue de la Charité
Lyon
23 décembre, 20h08
« La vérité est dans le progrès. »

Elle se soumet à sa volonté. Elle sait qu'il ne l'attend pas au bout du voyage. Mais il souhaite qu'elle aille à Lyon, cela suffit.

Pourquoi 20h08 et non pas 20 heures, tout simplement ? Le téléphone sonne.

– Vendredi soir, nous sortons toutes les deux.

– Non merci, Lucy.

– Alors au moins le 31... vous n'allez pas rester seule le 31. Je me charge de tout. Je ne vous laisse pas le choix.

– Je ne suis pas sûre de pouvoir. D'ailleurs, j'ai toujours détesté les réveillons.

– Il s'agit du passage à l'an 2000 !

– Justement.

– On en reparle lundi. Bonne journée, Angela.

Tout d'un coup, elle comprend. Elle sort les autres mots de David :

Vendredi prochain, 18, avenue du Président-Kennedy. Paris. Dix-sept heures cinq.

Baie des Petites-Cayes, Saint-Martin, Antilles françaises, dix-neuf heures sept.

12, rue de la Charité, Lyon, 23 décembre, vingt heures huit. La vérité est dans le progrès.

Des événements expliquant le départ de David se sont sûrement déroulés sur les lieux des rendez-vous. Mais pourquoi les horaires sont-ils si compliqués ? Peut-être contiennent-ils un message codé. Angela se rappelle cet art supposé dont usent les journaux féminins, la numérologie. Elle additionne les nombres : 1+7+5=13 ; et encore 1+3 qui font 4. Que veut dire ce 4 associé à l'avenue du Président-Kennedy ? Non, cela ne donne rien. A moins qu'il faille dissocier les heures des minutes. Les premières pourraient alors indiquer l'âge de David au moment des faits marquants.

Mais les minutes ? Sur une feuille de papier, Angela essaie différentes associations de chiffres. Il lui vient une idée. David avait dix-sept ans en 1976. 1+9+7+6=23. 2+3=5. Et voilà ! Dix-sept heures cinq ! Elle fait le même calcul avec les autres mots qu'il lui a envoyés. Chaque fois, les minutes viennent confirmer l'âge de David. Elle a enfin compris. Quelque chose s'est produit au pied du pont Bir-Hakeim lorsqu'il avait dix-sept ans, puis à Saint-Martin quand il en avait dix-neuf, et enfin, un an plus tard à Lyon.

Angela ne sait pas encore quoi faire de tout cela. Mais elle trouvera la solution demain, cela ne fait aucun doute. « La vérité est dans le progrès. »

Jamais, depuis qu'il est parti, David ne lui a semblé si proche.

Jeudi 23 décembre 1999.

Elle a entr'aperçu le jour par le hublot de l'avion, puis à travers la vitre du T.G.V., mais il fait déjà nuit lorsqu'elle arrive à Lyon.

Elle sort rapidement de la gare et monte dans un taxi. Les illuminations de Noël auxquelles se mêlent les phares des voitures égaient le centre-ville. Les passants, le visage figé par le froid et les bras chargés de paquets, marchent d'un pas vif.

A dix-neuf heures, laissant derrière elle les quartiers commerçants, Angela se fait déposer au début de la rue de la Charité. Seules quelques ampoules accrochées aux arbres rappellent ici les fêtes de Noël. L'air glacial qui s'engouffre dans la rue déserte a gelé l'eau des caniveaux.

Au 12, se dresse un immeuble sale. Deux grilles sont baissées devant les portes. Quelques fenêtres sont éclairées aux étages supérieurs. C'est le siège du journal *Le Progrès*, où David l'envoie pour trouver la vérité. Du moins, elle l'espère.

Dix minutes après vingt heures huit, Angela s'en va.

Elle marche jusqu'à l'hôtel le plus proche, un trois étoiles vieillot. Le réceptionniste lui tend une clé avec indifférence. Les abat-jour du hall dispensent une lumière bistre. Les tapis sont usés jusqu'à la trame. Avant de monter, elle prend sur le comptoir *Le Progrès*.

Dans sa chambre, elle se fait porter une salade et lit minutieusement chaque page du quotidien. Rien ne semble en rapport avec David.

Vendredi 24 décembre 1999.

Une heure du matin, impossible de dormir. Tout à l'heure, elle découvrira pourquoi il s'est enfui, elle trouvera la piste qui la mènera à lui.

Elle descend au bar, et s'enfonce dans un profond fauteuil de cuir. Tous les corps qui s'y sont assis ont tassé la mousse du coussin, ont creusé le dossier juste comme il convient, ont assoupli le cuir pour aider Angela à passer cette nuit d'attente. Un homme, à quelques tables de la sienne, hoche de temps en temps la tête en haussant légèrement les sourcils comme s'il approuvait son propre raisonnement. Il lève les yeux et fait un signe au barman pour demander un autre verre. Angela imagine ses tourments, une histoire de femme, sûrement. Il surprend son regard. Elle détourne la tête, fait tourner le liquide ambré dans son verre, et avale plusieurs gorgées de whisky.

L'homme est debout en face d'elle.

– Il semble que nous soyons seuls ici, et que nous ne soyons pas pressés de rejoindre nos chambres. Je peux vous offrir un verre ?

– Oui.

Le serveur arrive avec la commande du client. Angela prend un autre whisky.

Ils se taisent. Ce n'est pas un silence embarrassé ni ambigu. La nuit est trop avancée pour cela. Ils sont côte à côte, solitaires l'un et l'autre. On pourrait croire qu'ils se connaissent depuis toujours, qu'entre eux les mots ne sont plus nécessaires.

Au bout d'un moment, leurs regards se croisent, et ne se quittent plus.

– J'ai quatre enfants, le dernier a huit ans. Il a encore besoin de moi. En tout cas, moi j'ai besoin de lui. Mais ça a l'air difficile à comprendre. Vous avez des enfants ?

– Non.

– Mais vous obligeriez un homme à abandonner les siens ?

– Non.

– Vous n'êtes pas d'ici ?

– Non.

– Vous n'êtes pas bavarde.

– Non.

Ils éclatent de rire.

– Vous me faites penser à ma sœur. Je ne l'ai pas vue depuis longtemps, elle habite loin. Comme vous, elle donne l'apparence d'un grand calme. En fait, elle est un mélange de colère et de peur.

Le barman apporte une vodka à l'homme et un autre whisky à Angela.

– J'habite la rue d'à côté. Elle occupe un appartement juste en face. Et je me retrouve ici, seul comme un con. Enfin, je suppose que ça finit toujours comme ça...

Angela sait qu'il retrouvera sa femme, et plus tôt qu'il ne croit.

– Elle n'est même pas vraiment jolie. Seulement si elle entrait là, maintenant, je l'emmènerais aussitôt dans ma chambre. Pourtant, j'ai été très amoureux de mon épouse... que s'est-il passé ?

Il regarde Angela et sourit.

– Vous êtes très belle. Vous êtes exactement le genre de femme qui aurait pu me faire perdre la tête, dans d'autres circonstances, dans une autre vie. Mais ce soir, je ne suis pas de très bonne compagnie. Je vais me coucher. Peut-être à une autre fois.

Il se lève. Angela voudrait lui dire de ne pas s'en aller. Il pourrait lui raconter n'importe quoi, son histoire d'adultère ou des anecdotes de bureau, cela n'aurait pas d'importance pourvu qu'il ne la laisse pas seule. Passer le reste de la nuit avec lui vaudrait mieux que de perdre la raison. Mais elle ne bouge pas. En elle, c'est l'implosion. Un hurlement silencieux. Elle a si peur de ne pas retrouver David. Elle n'a plus la force de continuer seule. Les quatre derniers mois ont paru une éternité.

Elle se réveille. Le barman est parti. La pendule indique trois heures. Elle a la nausée. Elle monte dans sa chambre et sombre sans avoir eu le temps de se déshabiller.

Dès l'ouverture des locaux du *Progrès*, Angela s'installe dans un bureau vide du service des archives.

Elle ouvre le journal du 3 septembre 1976 : GRÈVE À LA S.N.C.F. – L'ASSASSIN DE L'INSPECTEUR EST UN TUEUR PROFESSIONNEL.

Dans le numéro du 5 novembre 1978 : IRAN, GRAVES AFFRONTEMENTS ENTRE L'ARMÉE ET LES ÉTUDIANTS – JUBILÉ DU RÉVÉREND PÈRE RIQUET À FOURVIÈRE : L'AUMÔNIER A RETROUVÉ SES SCOUTS.

Page après page, Angela lit chaque rubrique, chaque ligne : faits divers, carnet du jour, nouvelles de la région. Pas un article, pas un mot qui puisse avoir un rapport avec David. Il a bien écrit « la vérité est dans le progrès », mais elle s'est trompée. C'était trop simple. Elle espérait tant retrouver sa trace.

23 décembre 1979 : HAUSSE DU PRIX DES CARBURANTS – LE PRODUCTEUR AMÉRICAIN DU *JOUR LE PLUS LONG*, DARRYL FRANCIS ZANUCK VIENT DE MOURIR À L'ÂGE DE 79 ANS – BIENTÔT L'OUVERTURE DES JEUX OLYMPIQUES DE LAKE PLACID. Elle referme le journal et s'apprête à se

lever, quand elle découvre la photo en dernière page.

David. Elle n'a aucun mal à le reconnaître, depuis cette photo il n'a presque pas changé. Ses cheveux sont plus sombres, mais son regard brille déjà de cette mélancolie qui, vingt années plus tard, chavira Angela à leur première rencontre.

Tout se brouille, sa vue s'obscurcit. Elle ne veut rien savoir, ne pas lire le titre en haut de la page. Elle veut figer le temps, ne plus avancer ni reculer d'une seule seconde. Elle veut rester dans cet espace immobile où David la regarde fixement, pour l'éternité. Mais c'est irrésistible, ses yeux courent sur les lettres d'encre, plusieurs fois, jusqu'à ce que les mots s'imposent à son esprit : DANIEL VONDIS CONDAMNÉ PAR LA COUR D'ASSISES DE LYON À VINGT ANS DE RÉCLUSION POUR L'ASSASSINAT DE VIRGINIE LAROSE.

L'air lui manque. Ses bras l'entraînent vers le bas. Angela va s'enfoncer dans le sol, s'enliser dans des sables mouvants sans que personne vienne à son secours, elle s'asphyxie. Sa respiration repart dans un spasme, mais la douleur dans sa poitrine est si vive qu'elle est tentée de suspendre son souffle.

Hier soir, le président de la cour d'assises de Lyon a condamné Daniel Vondis à vingt ans de réclusion.

Pendant tout le procès, Daniel Vondis, qui a fêté ses vingt ans à la prison Saint-Jean où il était en détention provisoire depuis le 7 novembre dernier, date à laquelle il s'était spontanément présenté à la police pour avouer le meurtre de son amie Virginie Larose, est resté sagement assis dans le box des accusés. Difficile, en face de ce jeune homme au regard doux, d'imaginer qu'il ait pu assassiner sa fiancée.

Pourtant, cinq jours après leur arrivée à Saint-Martin, sur une des plus belles plages de l'île, Daniel Vondis a froidement noyé Mademoiselle Larose. Ensuite, il est retourné à son hôtel, il a fait les bagages, payé la chambre, et s'est rendu à l'aéroport. De retour à Lyon, il est allé le lendemain matin au commissariat pour confesser son acte.

Les rares témoins de la défense ont décrit un garçon sensible et calme, « incapable d'un tel acte », alors que l'accusé lui-même n'a jamais cherché à nier les faits. Son avocat a tenté sans conviction de plaider le crime passionnel, mais il a manqué d'arguments convaincants. En effet, comment comprendre les motivations de cet homme qui déclare avoir tué sa compagne pour l'unique motif qu'il ne supportait pas l'idée de la perdre ? Son avocat, Maître Lombin, on l'a bien senti pendant sa plaidoirie, semblait lui-même ne pas comprendre ce geste.

Il y a deux ans déjà, un automobiliste porta plainte contre le même Daniel Vondis qui habitait alors la capitale. Il s'agissait d'un fait troublant si on le compare au crime pour lequel Daniel Vondis vient d'être condamné. Le conducteur roulait sur le pont Bir-Hakeim lorsqu'une jeune fille fut, selon lui, jetée sous ses roues. Il l'évita de justesse mais il affirma à la police que le garçon qui accompagnait la fille l'avait poussée juste au moment où il arrivait à leur hauteur. La jeune fille nia toujours avoir été poussée par son ami et l'affaire resta sans suite.

Pendant le procès, Maître Lombin a tenté de démontrer l'excessive fragilité psychologique de son client due à une enfance chaotique. Jusqu'à l'âge de cinq ans, Daniel Vondis a été élevé par sa sœur de quatorze ans son aînée, laquelle se révéla être aussi sa mère, ayant été violée par le père. Lorsqu'elle quitta le domicile familial, l'enfant fut placé dans différents foyers. L'avocat a raconté cette enfance construite autour de l'inceste, du secret et de l'abandon avec émotion, émotion à laquelle le président de la cour d'assises est visiblement resté insensible. Sans doute a-t-il été davantage touché par le destin tragique de cette jeune fille morte dans d'atroces circonstances.

Angela devrait suffoquer d'effroi, être prise de vertige, se dire qu'elle a risqué sa vie – il s'en est sans doute fallu de peu, d'une seconde, d'un regard, d'un geste. Elle devrait avoir la nausée à l'idée d'avoir aimé un assassin, un malade, éprouver pour lui une aversion rétrospective ou même de la pitié. Oui, elle devrait.

Son cœur bat à tout rompre. David l'aime, il n'a jamais cessé de l'aimer.

Elle se rappelle leur dernière nuit. Elle s'était réveillée au milieu de son sommeil, sans doute au moment où il l'avait rejointe dans le lit. Il l'observait, appuyé sur un coude. Elle avait caressé son visage et avait refermé les yeux. Il l'avait alors prise avec délicatesse. En lui faisant l'amour, il avait dit : « Tu ne me quitteras jamais, n'est-ce pas ? » « Non », avait-elle répondu. Mais à vrai dire, elle flottait dans une somnolence dont elle ne désirait pas sortir tant il était doux de s'abandonner à David – et tout compte fait, peut-être était-elle restée silencieuse. Puis ils s'étaient endormis sans que David se soit retiré, jambes entrelacées, peau contre peau, ventres pressés l'un contre l'autre.

Vers cinq heures du matin, elle s'était réveillée et était descendue. Elle n'avait plus revu David.

Dans le couloir du journal, un homme d'une soixantaine d'années, la mine avachie comme son costume de velours côtelé, l'interpelle :

– Madame !

– ...

– Je dois vous remettre ceci.

Angela reconnaît l'écriture de David.

– Qui vous a donné ça ? Qui vous a dit que j'allais venir ?

– Un homme a téléphoné hier, sans donner son nom. Il m'a juste dit qu'une femme viendrait aujourd'hui, qu'elle demanderait à lire le numéro du 23 décembre 1979 et que je devrais lui remettre cette lettre arrivée au courrier de ce matin.

– Vous souvenez-vous de l'affaire Vondis ?

– Vondis ?... en 79 ? Attendez... oui, Daniel Vondis, je me rappelle... j'ai fait un papier sur lui quand il était en prison. Un drôle de type. Condamné pour le meurtre de sa petite amie. Pendant son incarcération, il a passé une maîtrise d'anglais et il est devenu traducteur de romans policiers. Les éditeurs lui envoyaient les textes à la prison, il traduisait jusqu'à sept ou huit livres par an. Il a aussi appris le solfège à Saint-Jean, mais il n'y avait pas de piano et ça avait l'air de l'embêter vraiment. Je l'ai rencontré une fois. Il n'avait rien d'un assassin. Mais les types les plus dangereux ne sont pas toujours ceux qui en ont l'air. Excusez-moi, j'ai du travail.

Elle ouvre l'enveloppe.

Angela,

Il est absurde d'évoquer d'autres femmes quand je ne pense qu'à toi, que chaque seconde ton prénom est sur mes lèvres, qu'il me semble l'entendre à chaque battement de cœur. Mais ma vie est une absurdité.

Elle s'appelait Marie, elle avait quinze ans, moi, dix-sept. J'étais amoureux pour la première fois. Nous marchions sur ce pont main dans la main. A un moment, elle a voulu rejoindre le parapet, sa main m'a échappé, j'ai ressenti un froid intolérable, un froid de mort. Elle est revenue vers moi et je l'ai poussée sous une voiture. En réponse aux accusations de l'automobiliste, elle a soutenu qu'elle avait voulu traverser, qu'elle n'avait pas fait attention à la circulation, et j'ai presque fini par le croire. Tout s'était passé tellement vite.

Puis j'ai rencontré Virginie. Sur cette plage de Saint-Martin, je lui ai demandé de m'épouser. Elle m'a répondu que nous étions trop jeunes pour nous marier. Je l'ai soulevée, elle était si légère, elle a passé ses bras autour de mon cou et je suis entré dans la mer, elle riait, elle m'embras-

sait, elle nous éclaboussait en battant les jambes. Puis elle a dit : « Attention ! où vas-tu ? Tu n'as presque plus pied, reviens vers le rivage. » Elle s'est raidie. « Lâche-moi ! je bois la tasse... » Ensuite, je n'ai plus entendu que le bruit des vagues.

On m'a libéré deux ans avant la fin de ma peine pour bonne conduite, et je me suis installé sur l'île.

Quand je t'ai aperçue dans cette librairie, j'ai été chaviré. J'étais dans l'évidence.

Je ne t'attendais pas, mais tu es venue, et tu es restée. Le temps a passé. Je n'éprouvais aucune appréhension. Rien ne pouvait s'interposer entre nous. Et puis il y a eu cette nuit. Nous venions de faire l'amour, tu t'es endormie contre moi. A un moment, tu t'es tournée de l'autre côté. J'ai alors eu si froid que je me suis mis à trembler. J'ai su à cet instant que tu ne m'appartiendrais jamais. Tu m'aimais encore, mais ton sommeil t'emportait déjà loin de moi. C'était une question de temps, le jour du désamour viendrait de toute façon. Je n'ai pas dormi. J'ai lutté pour ne pas me laisser submerger par cette pulsion qui guidait mes mains vers ta gorge, j'ai regroupé toutes mes forces pour me tenir tranquille. Au petit matin, tu t'es levée et tu as enfin quitté la chambre.

Ne m'oublie pas complètement. Moi je me réveille et m'endors chaque jour en pensant à toi et, chaque jour, le manque me fait un peu plus mal.

DAVID.

Samedi 25 décembre 1999.

Angela surprend Lucy dans l'éblouissement des phares ; puis plus rien. Cette hallucination ne l'étonne pas : au milieu de l'incessante nuit, sa raison défaille de plus en plus souvent. Elle coupe le moteur et descend de la voiture. Ses derniers espoirs sont anéantis. En lisant la lettre de David, elle a pensé qu'il l'attendait devant le journal, elle y a vraiment cru. Sinon, pourquoi cet aveu ? Elle est sortie, elle l'a cherché du regard, elle l'a attendu dans le froid cinglant, une femme a traversé la rue d'un pas rapide en tenant le col de son manteau. Mais David n'est pas venu.

Elle a erré dans la ville. Elle suivait des hommes grands aux cheveux désordonnés, en se laissant bousculer comme une bille de flipper par les passants qui marchaient d'un pas rapide, les bras chargés de cadeaux. Tous s'apprêtaient à fêter Noël.

Maintenant, tout est fini. Angela est absolument seule.

A présent commence le néant.

Sa vie sera désormais opaque. Il faudra avancer à petits pas pour éviter les précipices, respirer doucement pour ne pas laisser la douleur la surprendre.

Elle pose le pied sur le seuil de la maison. Elle cherche à tâtons la clé au fond de son sac quand soudain jaillit un éclat de lumière. Un visage surgit dans la lueur d'une petite flamme, si proche qu'Angela recule.

– Que faites-vous là, Lucy ? Vous allez tomber malade à rester là. Rentrez vous réchauffer.

Angela allume les lumières. Lucy s'immobilise au milieu du salon. Elle grelotte dans son grand manteau. Le froid la défigure. Son visage a diminué de moitié, ses lèvres sont bleues. Angela l'entraîne à l'étage, elle la déshabille pendant que la baignoire se remplit. La jeune femme se laisse faire. Angela l'aide à entrer dans le bain à peine tiède qui saisit son corps comme une brûlure. Le sang se remet à circuler et provoque des élancements. Angela augmente petit à petit la température de l'eau. Le visage de Lucy se détend et retrouve quelques couleurs.

Angela descend et téléphone à son père. Martha répond.

– Comment allez-vous, Martha ?

– Ça va, ma chérie.

– Je suis désolée pour votre mari.

– C'est mieux comme ça, j'imagine. Tu sais, il n'était pas très doué pour la vie, et il était malade depuis longtemps. Je te passe ton père. Ça lui a fait plaisir de te voir, ça l'a rassuré. Il est plus calme depuis son retour.

Après un silence, la voix de son père abolit la distance qui les sépare.

– Eh bien, dis-moi, on ne s'est jamais autant parlé que ces derniers temps !

– C'est Noël, papa.

– Ah ! c'est vrai...

Il parle dans ce souffle calme et las qui annonce la mort.

– Je voulais juste t'embrasser.

– Tu sais, il y a bien longtemps que j'ai oublié ses traits, son sourire, l'exacte couleur de ses yeux. Seules restent intactes les images de l'accident : le corps désarticulé, le visage gris. Mais l'amour et le désir sont restés.

– Pourquoi me racontes-tu ça ?

Angela devine un son rauque et sourd, comme une difficulté à respirer.

– ... Je vais bientôt venir te voir, papa.

– Oui, c'est une idée. Maintenant, je dois te laisser. Je t'embrasse.

– Moi aussi. Repasse-moi Martha, s'il te plaît.

Celle-ci reprend l'appareil.

– C'est la fin, n'est-ce pas ?

– Le médecin dit que tout va bien, enfin aussi bien que possible. Mais tu sais, quand plus rien ne retient les gens...

– Je vais venir juste après les fêtes. Prenez soin de lui.

– Tu peux compter sur moi. Tu te souviens quand tu étais petite, les nuits de Noël ? Tout le monde était couché, nous descendions dans le salon pour regarder les cadeaux au pied du sapin. Tu secouais les paquets pour deviner ce qu'il y avait dedans et tu imaginais les choses les plus absurdes pour me faire rire. Une année, ton père est descendu fumer un cigare, nous avons dû nous cacher derrière le paravent chinois et tu t'es endormie contre moi.

– C'est loin, mais je me rappelle. Bientôt... enfin, plus tard, j'aimerais que vous veniez me rejoindre, Martha. Je crois que mon île vous plairait. Je vous embrasse fort.

Angela raccroche, elle attrape la bouteille de whisky, deux verres et remonte dans la salle de bains. Elle s'assoit sur le tabouret près du lavabo.

– Je vous croyais chez vos amis, Lucy, ou chez vos parents...

– Mes parents ne se rappellent même pas que c'est aujourd'hui Noël. J'ai téléphoné à mon père tout à l'heure : « Tout va bien, ma fille ? – Ça va, papa. – Toujours pas mariée ? – Non, papa. – C'est bien dommage, ta mère ne verra pas le mariage de sa fille. – Maman ne voit déjà plus rien. – Comment peux-tu parler de ta mère de cette façon ? Elle t'a aimé comme aucune femme n'a aimé sa fille, et tu n'étais pas facile ! – Ça fait vingt ans qu'elle ne me reconnaît plus, papa. – Au revoir, ma fille, il faut que je retourne près d'elle. » Je dois bouger, changer d'air ! Vous ne voulez pas qu'on aille à Paris toutes les deux, ou n'importe où pourvu que ça ne soit pas ici ?

– Restez dîner avec moi.

– Vous me laissez tout préparer.

– Vous m'aviez parlé d'une soirée pour le réveillon du 31. Nous irons ensemble, si vous en avez toujours envie.

La jeune femme répond par un sourire. Ses seins flottent à la surface de l'eau et occupent toute la largeur de la baignoire.

– Quand j'aurai quitté ce trou du cul du monde, je les ferai réduire. Je préfère encore me passer des hommes. D'ailleurs, c'est toujours la même chose, au bout du compte. Et puis comme ça, le jour où un type me remarquera, si jamais ça arrive, je ne me dirai pas que c'est uniquement pour me tripoter.

– Moi, si j'avais des seins pareils, je me garderais d'y toucher, du moins tant qu'ils se tiennent si bien.

Un peu plus tard, une délicieuse odeur flotte dans la maison, la table est dressée et des bougies diffusent une lumière douce. Lucy revient de la cuisine avec un plat fumant.

– Angela ! Regardez, il neige !

Elles s'approchent de la fenêtre et découvrent une lueur inhabituelle. Les flocons captent la lumière de la maison. Une pâleur épaisse et cotonneuse remplace l'obscurité.

Elles sortent. Une couche épaisse couvre déjà la terre. Lucy s'agenouille, prend la neige à pleines mains et la jette en l'air en riant. Couverte de poudre, elle fait une boule qu'elle lance de toutes ses forces vers l'océan. La boule blanche s'élance vers le ciel et disparaît dans les ténèbres avant sa chute.

Angela retourne dans la maison et monte se frictionner les cheveux avec une serviette. De la chambre, elle regarde Lucy qui tourne sur elle-même, bras à l'horizontale et tête renversée en arrière à la façon des derviches tourneurs, exactement comme sa mère dansant dans le vent, prête à s'envoler du haut de la falaise si son mari n'était pas là pour la retenir.

Elle redescend. La jeune femme est à table. Angela pose devant elle une petite boîte. Lucy l'ouvre et découvre la paire de boucles d'oreilles en or. Ses grands yeux bleus se tournent avec étonnement vers Angela.

– Montrez-moi comme elles vous vont.

Lucy hésite un instant, puis elle met les créoles dont l'éclat rehausse la blondeur de ses cheveux.

– On ne m'a jamais fait un aussi beau cadeau.

– Je les ai depuis très longtemps. Je ne les ai jamais portées. Je suis heureuse qu'elles vous appartiennent.

– Je ne les quitterai plus.

Après avoir raccompagné Lucy en voiture, Angela roule un peu. Elle n'a pas sommeil. Les flocons tourbillonnent devant les phares comme des milliers de lucioles affolées. La neige a effacé la route et les talus ; au-delà, c'est un trou noir au milieu du cosmos, un espace immatériel où vie et mort se confondent. C'est un monde englouti dont Angela est la seule survivante. En cette absence de repère, elle n'est même pas sûre d'avancer. Elle entrouvre la vitre pour dissiper la buée sur le pare-brise. La rumeur de l'océan s'est tue. Des flots, des vagues et du vent, ne subsiste qu'un silence hypnotique. Surgissant du brouillard, une fillette se tient au milieu de la route. Angela freine brusquement. La vision s'efface. Au moment où Angela redémarre, le spectre apparaît de nouveau et ouvre la bouche dans un cri muet. Angela arrête la voiture. Une sueur glacée coule au creux de son dos. Elle s'effondre sur le volant. « Regardez là-bas... la fille du Docteur Wilson... la pauvre petite. » Pour faire cesser cette rumeur, Angela se rue hors de la voiture et se jette par terre. Elle enfonce le visage dans la neige qui brûle sa peau, ses doigts agrippent la terre. Elle a l'impression de glisser dans un gouffre, elle se cramponne de toutes ses forces au sol. Son regard cherche quelque chose à quoi s'accrocher pour chasser de son esprit l'inacceptable, mais l'obscurité ne lui renvoie qu'un éclat rouge. Rouge le camion de pompiers, rouge le gyrophare, rouge la flaque qui s'élargit et coule du dessous de l'automobile. L'enfant est à une vingtaine de mètres. La foule agglutinée se fend pour lui laisser le passage. Alors elle avance et découvre la chair meurtrie, les membres disloqués, les paupières ouvertes sur un regard saisi de stupeur et d'incrédulité. La fillette ne pleure pas, elle reste sur le trottoir, immobile, indemne, comment cela est-il possible ? Elle a envie de crier et demeure silencieuse, enfermée en elle-même, là où douleur et rage se mêlent dans le plus grand chaos. Les pompiers portent le corps sur la civière qu'ils glissent dans le camion. De toutes parts, les regards se posent sur l'enfant. Elle a envie de faire pipi, une égratignure lui picote le genou, son cœur continue de battre... elle devrait se jeter sur sa mère pour l'embrasser, l'appeler. Non. Elle devrait être morte.

Angela remonte dans la voiture de David et fait demi-tour.

Arrivée à la maison, elle avale un somnifère et se couche.

Après le départ des pompiers, la fillette était partie en courant. Elle avait quitté la ville et gagné la côte escarpée qui dominait la mer. Par-delà l'horizon, de l'autre côté de la Manche, invisible, il y avait l'Angleterre. C'était sûrement bien, là-bas. Elle était restée assise au bord de la falaise, balançant machinalement ses jambes dans le vide, jusqu'à la tombée de la nuit. En rentrant, elle avait trouvé son père assis dans le noir sur une chaise de la cuisine. Elle avait allumé la lumière. Il s'était aussitôt levé et avait préparé le dîner sans un mot, sans demander où elle était passée. Il l'avait regardée manger, puis il l'avait couchée un peu plus tôt que d'habitude.

Le lendemain matin, après avoir brûlé les affaires de sa femme, il avait pris la sacoche avec laquelle il faisait ses visites et était sorti. Sa fille était restée seule dans la maison.

Vendredi 31 décembre 1999.

David devrait être là. Elle peut comprendre qu'il se soit éclipsé. Mais après l'aveu, il aurait dû lui faire confiance. Pour elle, le choix aurait été évident : à ses côtés, chaque instant devenait une perfection, alors que l'absence est une déchirure que rien n'apaise, pas même la certitude d'être aimée. Son passé ne l'effraie pas et elle accepte les soubresauts de sa raison. Un jour avec lui vaut l'éternité sans lui. Avant David, elle n'existait pas vraiment. Elle avançait le plus droit possible.

Avant lui, elle marchait vers la mort, de toute façon.

Ce soir, Lucy n'est qu'un regard. Maquillés d'un halo sombre, ses yeux sont d'un bleu irréel. Ils dégagent excitation et inquiétude. Angela ne la décevra pas, même si son seul désir est de rester là et de se coucher tôt.

Le téléphone sonne au moment où elles s'apprêtent à sortir. Nada est arrivée quelques jours plus tôt à Boston. Elle voit sa fille, un peu. Anna est amoureuse. Mais ça va. Georges a fui les festivités parisiennes. Il a rejoint Nada. Ils vont rester là-bas trois semaines, puis ils rentreront en France. Ensemble. C'est bien.

Angela enfile sa doudoune, des moufles, un bonnet et claque la porte derrière elle. Il neige sans discontinuer depuis une semaine. Mais les nuages se sont dissipés dans la journée. Maintenant, un épais tapis blanc scintille sous un ciel étoilé. Angela ouvre la portière de la voiture. Lucy explique qu'elles vont sur le versant sud ; par la route, il leur faudrait longer la côte et faire le tour de l'île sur une chaussée verglacée, ce qui prendrait au moins trois quarts d'heure. A pied, elles mettront à peine vingt minutes, et la nuit est si belle.

Elles avancent l'une derrière l'autre en silence à la lueur de la lune. Parfois Lucy se retourne. Angela devine son sourire. L'air sec pique le visage. Elle aime sentir la neige qui se tasse sous ses pas et crisse dans un bruit sourd. Plus elle marche, plus elle se détend. L'écho des vagues, le vent qui déchire l'espace, tout a disparu. Ne reste que sa respiration résonnant dans le calme d'un soir feutré. C'est comme si elle retrouvait une émotion très ancienne, une béatitude dont, par la suite, elle a perdu la trace.

Elle a appris à aimer cette terre aride et froide. Les hivers y sont interminables et les étés solitaires. Le soleil n'y est jamais chaud, le vent y souffle au mépris des saisons, la mer est un gouffre. Pourtant, elle ne quittera plus l'île. Elle peut perdre la raison comme la mère de Lucy ou comme la Tchèque, elle restera jusqu'à la fin.

Arrivées au sommet de l'île, elles s'arrêtent un instant. Le sol scintillant de milliers d'éclats de lune s'étend jusqu'aux côtes. Autour, à l'infini, l'océan est un écrin de satin noir.

Lucy dévale la pente en courant vers une maison éclairée, tapie entre deux collines. Il ne leur reste plus qu'une vingtaine de mètres à parcourir. La porte s'ouvre. Une silhouette se détache sur la lumière intérieure.

Angela s'arrête, le souffle coupé. Comment n'y a-t-elle pas pensé ?

David ne bouge pas. Dans le contre-jour, elle le devine à peine. Pourtant, en un instant, elle retrouve, comme s'il était en pleine clarté, son visage, son expression mélancolique et fiévreuse. Lui revient même l'odeur de sa peau. Il la fixe, elle sent son regard posé sur elle telle une brûlure.

Il n'a jamais quitté l'île. Il était là, tout près, si près.

Il l'attendait.

Lucy se retourne, revient sur ses pas. Elle prend la main d'Angela qui n'a pas bougé. Tout doucement, elle l'amène à lui. Angela se laisse faire.

Elle arrive. Elle est prête.

DU MÊME AUTEUR

LE SOMMEIL DE L'AUTRE, Stock, 1990.

POUPÉES RUSSES, Flammarion, 1994.

LES YEUX CERNÉS, Anne Carrière, 1999.

La composition de cet ouvrage
a été réalisée par I.G.S. Charente Photogravure,
à l'Isle-d'Espagnac,
l'impression et le brochage ont été effectués
sur presse Cameron dans les ateliers
de ***Bussière Camedan Imprimeries***
à Saint-Amand-Montrond (Cher),
pour le compte des Éditions Albin Michel.

Achevé d'imprimer en février 2002.
N° d'édition : 20410. N° d'impression : 020634/1.
Dépôt légal : mars 2002.